KB154089

혼자
아파하는
사람들

혼자 아파하는 사람들

초판 1쇄 발행 2016년 9월 5일
초판 2쇄 발행 2022년 10월 7일

지은이 이기웅
펴낸이 이수미
사진 황호신, 이기웅 **기획** 신미경, 김일순
교정 김연희 **북디자인** 정계수 **마케팅** 김영란, 임수진

종이 세종페이퍼 **인쇄** 두성피앤엘 **유통** 신영북스

펴낸곳 나무를 심는 사람들
출판신고 2013년 1월 7일 제 2013-000004호
주소 서울시 용산구 서빙고로 35 103동 804호
전화 02-3141-2233 **팩스** 02-3141-2257
이메일 nasimsabooks@naver.com
블로그 blog.naver.com/nasimsabooks
페이스북 www.facebook.com/nasimsabooks

ⓒ 이기웅 2016

ISBN 979-11-86361-29-0 03810

책값은 뒤표지에 있습니다. 잘못된 책은 바꾸어 드립니다.

이기웅 지음

혼자
아파하는
사람들

나무를 심는 사람들

혼자 아파한 적이 있나요?

"병원에 가 본 게 언제인지 까마득하네요."

40년 넘게 병원과는 담을 쌓고 지냈다는 분을 만난 적이 있다. 상담 분야에서 일을 하고 있는 그녀는 직장 생활을 하면서 의무적으로 받아야 하는 건강검진과 이가 상해 치과에 간 것 말고는 치료를 받으러 병원을 찾은 적이 한 번도 없었다고 한다. 내가 진료를 하는 방식이 여느 병원과는 다르다는 얘기를 듣고 궁금하기도 하고, 자신의 일인 심리 상담과 관련이 있을 것 같아 사포리를 찾아온 것이었다.

진료실에서 차를 우려 마시면서 얘기를 나눠 보고 찬찬히 살펴보니 지금껏 병원 치료를 받지 않고 살아온 것이 도저히 믿기지 않을 만큼 심각한 상태였다. 몸 전체에서 생기가 원활하게 돌지 않았고, 기운도 축 처져 있었다. 무엇보다도 새로운 기운과 에너지를 만들어서 공급하는 시스템이 활발하게 작동하지 않고 있었다. 그녀는 그동안 건강해서 병원에 가지 않은 것이 아니라 자기 몸을, 자기 자신을 제대로 돌보지 않은 것이다. 다른 사람의 상처와 아픔을 어루만져 다시 건강해질 수 있도록 도와주는 일을 하면서 정작 자기 자신은 살뜰하게 챙기지도 보듬지도 못한 것이다.

그녀는 제대로 된 '돌봄'을 받아 본 경험이 없었다. 어린 시절 부모에게 보살핌을 충분하게 받은 아이는 성인이 돼서도 스스로 자기 자신을 잘 챙기고 돌본다. 그러나 돌봄을 받아 보지 못한 아이는 어른이 돼서도 자기를 돌볼 줄 모른다. 통증을 통증으로 느끼지 못하거나 아픔이 아니라고 부정해 버리는 것이다. 자신도 모르게 고통을 감내하는 데 익숙해져 버린다. 겉으로는 아무렇지 않아 보이지만 속으로 들어가 보면 혼자서 아픔을 끌어안고 사느라 차갑고 딱딱한 얼음벽이 쳐져 있다.

진료실에서 만난 환자들에게는 공통적인 특징이 있다. 그들의 내면 온도는 대체적으로 낮다. 차가운 것이다. 이 차가움은 체온으로 측정될 수 있는 것을 말하는 게 아니다. 체질에서 말하는 뜨거움이나 차가움과도 별개다. 그들의 내면이 차가운 것은 두렵고 불안하고 외롭기 때문이다.

우리는 대부분 지금껏 살아오면서 온전한 존재로 인정하고 바라봐주는 따뜻한 시선을 받지 못했다. 외부 세계의 가치와 척도로 끊임없이 비교 당하고 경쟁하면서 '존재'의 본질을 망각하며 살고 있다. 추운 겨울 꽁꽁 얼어 있는 땅에서는 작물이 제대로 자랄 수 없는 것처럼 사람의 내면도 차갑게 얼어 있으면 몸과 마음이 건강할 수 없다.

환자들의 내면을 촉각으로 표현한다면 딱딱함이다. 겉으로는 잘 드러나지 않지만, 내면에는 긴장이 쌓이고 또 쌓여 단단하게 굳어 있는 것을 느낄 수 있다. 스스로 자기 자신을 보호하기 위해서, 또는 감추기 위해서 인위적으로 힘을 잔뜩 주고 있는 것이다. 내면이 딱딱하게 굳어 있으면 몸 전체로 기운이 원활하게 흐르지 못하게 되어, 본래의 자연스러움과 편안함에서 멀어지게 된다.

한겨울 밖에서 추위에 떨고 있다가 따스한 온돌방에 들어와 편안하게 누워 있으면 얼었던 몸이 풀리면서 잔뜩 굳어 있던 마음도 녹아내린다. 그러면서 자신도 모르게 스르르 깊은 잠에 빠져든다. 마치 어린 아기가 한없이 편안한 엄마 품에서 단잠에 든 것처럼 말이다. 바로 그 순간 우리 안에 내재한 치유의 빛이 환하게 켜지면서 원초적인 생명력이 발현된다. 아픈 곳을 낫게 하고 본래의 건강함을 되찾게 하는 것이다. 그래서 내가 주로 쓰는 처방은 '이완'과 '안식'이다. ''이완'과 '안식'은 억지로 애를 쓰거나 과도한 노력을 기울이며 하루하루를 버텨 내는 삶을 살아가는 현대인들에게 필요한 처방이기도 하다.

사포리에서는 물론 한의학 원리가 적용된 치료를 한다. 침을 놓거나 약을 지어 주기도 한다. 하지만 본질적인 치료는 전혀 다른 방식으로 이루어진다. 오랜 기간 많은 환자를 접하면서 아픈 증세가 발생한 곳에 대한 직접적인 치료도 필요하지만, 진정한 의미의 치유는 몸과 마음의 환경을 조화롭고 안정되게 할 때 이루어진다고 하는 것을 절감하게 되었다.

혼자 아파하는 사람들

우리는 누구나 가슴 깊은 곳에 원초적인 생명의 빛을 간직하고 있다. 그 생명의 빛은 곧 치유의 빛이기도 하다. 가슴속에서 그 빛이 환하게 켜지는 것처럼 뛰어난 치료 효과는 없다. 그 빛을 환하게 밝히기 위해서는 가슴속에서 벅찬 '감동'과 '행복'을 느껴야 한다. 그래서 사포리에서는 다양한 치유 이벤트가 열린다. 작은 음악회가 열리고, 여럿이 모여 여행을 떠나기도 하고, 밤새 춤판이 벌어지기도 한다. 내가 괴짜 한의사로 알려져 있다면 바로 그런 이유에서이다.

나는 늘 마음속으로 작은 기도를 한다. 나를 찾아오는 모든 사람들이 행복하기를 바라는 소박한 염원에서다.

'본래 자신 안에 있는 생명의 빛을, 치유의 빛을 환하게 밝히며 살아가기를….'

'본래 자신 안에 있는 신성의 빛을 환하게 밝히며 살아가기를….'

햇님쉼터한의원에서

이기웅

1.

착한 사람이
더 아프다

막춤이 뭐라고

"막춤을 한 번 춰 보시죠."

"그건 도저히 못 하겠습니다."

마주앉은 의사와 환자 사이에 묘한 긴장감이 흘렀다.

나름대로 고심 끝에 내놓은 처방이었는데 환자는 단번에 거절했다. 난감했다. 그는 독창적으로 개발한 기술로 벤처업체를 운영하고 있었는데, 냉철한 이성과 예리한 사고력으로 무장한 CEO였다. 보통 사람이 하나의 CPU(컴퓨터의 중앙처리장치)를 갖고 있다면, 그에게는 CPU가 적어도 서너 개 이상 있다고 보면 된다. 그만큼 머리 회전이 남달랐다.

늘 창조적인 아이디어가 샘솟아 관계 기관에 수시로 정책 제

안을 하고, 실제로 그 내용이 반영돼 현실화되기도 했다. 한 번 입을 열면 한 시간이고 두 시간이고 대화를 주도해 나갈 만큼 언변도 탁월했다. 나는 지금껏 살아오면서 그처럼 논리정연하게 말하는 사람은 보지 못했다. 그래서인지 그는 논쟁도 즐긴다. 상대방의 논리적 허점을 찾아내 매섭게 몰아치고 자신에 대한 공격은 능숙하게 막아내 논쟁에서 밀리는 경우도 거의 없다. 연배도 나와 비슷해 어려운 일이 생기면 서로 조언을 구할 만큼 가까운 사이다.

그러던 그가 밤에 잠을 못 이룰 정도로 목이 뻣뻣하고 아파서 틈날 때마다 사포리에 와서 침을 맞았다. 나는 치료 효과를 높이기 위해 그에게 막춤을 권했다. 특정한 패턴이나 기교 없이 아무렇게나 마구 흔들어 대는 그 막춤 말이다. 논리로 철저히 무장된 두뇌와 이를 지탱하기 위한 내면의 긴장감을 흩트려 놓기 위해서는 막춤이 치료에 도움이 될 것 같았기 때문이다. 그런데 도저히 못 하겠다며 손사래를 친 것이다.

사실 그는 전형적인 몸치로 춤과는 담을 쌓고 살아왔다. 노래방에서 빠른 템포의 신나는 노래가 흘러나와 일행 모두가 몸을 흔들어 대더라도 기껏해야 가만히 서서 탬버린을 치거나 손뼉을 치는 게 다였다.

나도 이대로 물러설 수는 없었다. 어떻게든지 그를 빨리 치료

혼자 아파하는 사람들

해 통증을 가시게 해 주고 싶었다. 그래서 두 번째로 더욱 강력한 처방을 제시했다.

"그렇다면…. 새로운 사랑을 해 보시죠."

"예? 무슨 말씀인지…. 그건 더더욱 못하겠습니다!"

그는 얼굴이 벌게진 채 정색을 하며 거절했다. 꽤 놀랐던 모양인지 그답지 않게 말까지 살짝 더듬었지만, 거부 의사는 명확했다. 화목하게 잘 사는 가정을 파탄에 이르게 하려고 하는 것 아니냐는 원망 섞인 눈초리도 느껴졌다.

"아니, 그런 사랑이 아니고…."

"절대로 못 합니다. 어떻게 그런…."

내 말이 미처 끝나기도 전에 다시 한 번 노(NO)를 선언했다. 그는 평소 '외박 불가'가 생활신조여서 업무가 폭주해 새벽까지 일하거나 아무리 술자리가 늦더라도 반드시 집에 들어가는 것을 원칙으로 삼고 있을 만큼 보수적인 경상도 사나이다.

그랬던 그에게 획기적인 변화가 생긴 건 사포리에서 작은 음악회를 마치고 가진 뒤풀이에서였다. 넓은 거실에서 참석자들이 자연스럽게 노래도 부르고 이야기보따리도 풀어내는 흥겨운 자리였다. 입심이 좋은 분은 구성진 얘깃거리로 좌중을 뒤집어지게 하고, 노래를 잘하는 분은 목청을 돋워 열창하며 감동을 선사하는 등 밤늦도록 분위기가 잘 익어 가고 있었다.

그날 뒤풀이에는 청초한 이미지의 비구니 스님도 자리를 같이했다. 나를 만나러 가끔 사포리에 오셔서 차도 마시고 얘기를 나누는 스님이셨다. 그 스님은 기(氣)의 순환을 이용한 '기공 춤'에 일가견이 있었고, 그 춤을 보고 싶다는 사람들의 요청에 선뜻 자리에서 일어나 색다른 춤사위를 선보였다.

물이 흐르듯 부드럽고, 빠르지도 느리지도 않은 춤동작은 이내 좌중을 숨죽이게 했다. 춤사위가 이어지면서 누가 시킨 것도 아닌데 몇 명이 자연스럽게 일어나 춤을 추기 시작했다. 스님의 춤을 따라 하는 사람도 있었고, 스스로 흥에 몸을 맡기는 경우도 있었다.

그렇게 본격적으로 무르익어 가는 춤판을 흐뭇하게 바라보고 있는데 도저히 믿기지 않는 광경이 눈에 들어왔다. 내가 제시한 막춤 처방을 단칼에 거부했던 그가 춤을 추고 있는 것이 아닌가! 농담 삼아 '모태 몸치'라는 놀림까지 받는 그가 어설프지만, 진지하게 춤을 추고 있었다.

전통 리듬인 덩더꿍 춤 같기도 하다가 택견 동작을 연상시키는 동작이 나오는가 하면, 로봇 춤 비슷한 움직임도 보였다. 누가 보더라도 춤에는 문외한이라는 것을 한눈에 알아볼 만큼 엉성한 막춤이었지만, 그의 얼굴에는 환한 기운이 감돌았다. 스님이 선보인 신비한 기공 춤 덕분에 그가 춤이라는 미답지에 첫발을 내디딘 것이다.

그렇게 한참 이어진 춤판은 스님이 춤사위를 멈추면서 자연스럽게 끝이 났다. 태어나 처음으로 춤의 묘미를 알게 됐을 그는 흐르는 땀과 열을 식히기 위해 잠시 밖으로 나가 있다가 돌아왔다. 만면에 환한 웃음을 띤 채로 말이다.

사실 그는 비구니 스님에게 첫눈에 반했다. 수행자 특유의 맑고 투명한 기운에 매료된 것이다. 뒤풀이 장에서 청정한 목소리로 러시아 가요를 번안한 〈백만 송이 장미〉를 열창하는 비구니 스님을 보고 가슴이 열린 것이다. 그래서 스님 옆자리에 앉아 얘기를 나누다 보니 마치 사춘기 소년이 평소 흠모했던 짝사랑 상대를 만난 것처럼 가슴이 쿵쾅거렸다.

불가에 입문한 비구니 스님에게 호감을 느낀다는 것은 이성적으로 판단하면 납득할 수 없는 일이었지만, 한번 뛰기 시작한 가슴은 좀처럼 안정을 찾을 수 없었다. 그런 상황에서 스님이 우아하고 섬세한 기공 춤을 추는데 어찌 가만히 앉아 있을 수 있단 말인가.

저절로 자리에서 벌떡 일어나 스님의 춤동작을 따라 몸을 움직였다. 하지만 원래 몸치에다가 춤과는 인연이 없었던 터라 머리로 생각하는 신체 움직임과 실제 표현되는 동작은 간극이 컸고, 팔과 다리도 제멋대로 따로 놀았다. 그렇다고 해도 스님과 같은 공간에서 춤을 출 수 있다는 것만으로도 너무 행복했다. 한참을 그렇게 헤매다가 어느 순간인가 '에라, 모르겠다!'며 아무렇게나 몸을 움직였다. 그러자 오히려 편안해지기 시작했다.

'이런 게 막춤이구나. 이거 참 재밌네.'

그는 그렇게 춤의 묘미에 빠져들었고, 점차 스님의 모습도 시야에서 사라지면서 혼자서 춤을 추는 듯한 착각이 들 정도로 깊게 몰입했다. 춤판이 끝나 밖에 나가 땀을 식히며 사포리의 밤 풍경을 바라보는데 그렇게 좋을 수 없었다. 결과적으로 그는 내가 제시한 '막춤'과 '사랑'이라는 두 가지 처방을 모두 받아들인 셈이 됐다.

그날 이후 몇 번의 침 치료를 받으면서 그의 목 부위의 통증이 씻은 듯 사라졌다.

착한 사람이 더 아프다

"마시자!"

"건배!"

늦은 밤 한의원에서 흥겨운 술판이 벌어졌다.

환자를 치료하는 장소에서 무슨 술자리인가 의아하게 생각할 수도 있겠지만, 이곳은 치유를 테마로 변화무쌍한 무대가 수시로 펼쳐지는 곳이다. 때로는 음악회가 열리는 공연장이 되었다가 춤을 추는 댄스홀과 명상을 하는 공간으로도 변모하고 술과 노래가 함께하는 뒤풀이 마당이 펼쳐질 때도 있다. 한적한 시골에 한의원이 자리하고, 다양한 무대연출이 가능한 넓은 거실 공간이 있어 가능한 일이다.

이날 술자리는 술에 취하는 것이 주된 목적이 아니었다. 아픈 상처나 고통을 잊기 위한 것도 아니요, 단합을 위한 회식 자리는 더더욱 아니었다. 이유는 단 하나, 러시아 음악에 더 깊이, 푹 빠져들기 위해서였다.

매주 월요일 저녁 한의원에서는 명상 모임을 가진다. 한의원을 찾는 환자들과 명상에 관심이 있는 사람들이 함께 모여 우리 내면의 온전한 존재를 느끼기 위해 열리는 자리다. 그렇다고 강도가 센 특별한 수행을 하는 것은 아니다. 사회생활을 하면서 습관처럼 몸에 밴 긴장을 풀고, 고요하게 내면으로 침잠해 보기 위한 프로그램이 편안한 분위기에서 진행된다.

매번 명상 모임이 끝나갈 무렵에는 그때그때 분위기에 따라 음악을 선곡해 듣는다. 명상을 통해 몸과 마음이 이완된 상태에서 음악을 들으면 평상시 음악을 듣는 것과는 질적으로 다르다. 온몸으로 음악을 받아들여 깊게 몰입할 수 있어 음악 그 자체의 아름다움과 신비로움에 빠져들게 된다.

그날 모임에서는 러시아 음악 모음집 CD를 선택했다. 파란색 불빛이 전매특허인 매킨토시 앰프에서 증폭된 음이 JBL 스피커를 통해 퍼져 나가면서 참석자 중 한 명의 눈빛과 표정에서 변화가 일어나기 시작했다.

묵직한 중저음의 보컬과 애잔한 음색의 연주가 어우러진 러시아 음악이 클라이맥스에 이르면서 누군가의 내면에 울림을 일으켰다. 귀로 전달된 음악이 가슴까지 온전하게 전해지면서 공명이 일어난 것이다.

그녀는 커피감별사였다. 원두의 품질을 평가하고 커피의 맛과 향을 감별하는 일을 하는 커피 전문가로, 한의원에서 모임이 열릴 때마다 고품질 원두를 가져와 핸드 드립으로 커피를 내려 맛 좋은 커피를 마시게 해 줄 만큼 배려심이 많았고, 심성도 착했다. 그녀는 당시 불면증에 지독한 변비까지 겹쳐 고생을 심하게 하고 있었다. 특히 약물을 쓰지 않고는 큰일을 못 봐 여간 힘든 게 아니었다.

러시아 음악에 흠뻑 빠진 그녀를 위해 CD 플레이어는 몇 번이고 되돌려졌다. 러시아 음악의 어떤 점이 그녀의 내면 깊은 곳을 열어젖혔을까. 러시아 음악은 특유의 애잔함과 비장미로 우리의 정서와 잘 맞는다. 긴 겨울의 음울함과 아픈 역사로 인한 슬라브 민족의 애수가 반영돼 한국인의 한과 일맥상통하는 면이 있다. 광활한 영토의 장엄함과 종교적인 뿌리가 깊은 러시아 정교회의 신성함까지 더해져 가슴 깊은 곳을 울린다.

음악에 녹아든 그녀는 점점 더 심층적인 차원으로 빠져들었다. 그러더니 어느 순간 마치 물이 액체에서 기체로 변하기 바로 직전인 비등점에 닿은 것처럼 변화의 순간을 맞은 듯 보였다. 마지막 관문을 넘어 질적인 변화를 주기 위해서는 추가적인 임팩트가 필요해 보였다. 절정으로 치닫고 있는 극 전개상 새로운 요소가 투입돼야 화려한 대미를 장식할 것 같았다. 순간적으로 보드카가 퍼뜩 떠올랐다. 러시아 음악에는 모름지기 러시아 술이 따라야 하는데…. 그런데 한의원에 보드카가 있을 리 만무했다.

'아 어쩌나, 보드카가 있어야 하는데….'

다행스럽게 언젠가 선물로 받았던 고량주가 생각났다.

'비록 보드카는 아니지만 같은 독주가 아닌가. 그래 이거다!'

환자를 위해 수없이 많은 무대를 마련하고 기획과 연출을 담당했던 '치유 연출자'의 경험과 직감에서 우러나온 순간적인 판단이었다. 그때까지 남아 있는 참석자들과 함께 고량주를 잔에 따랐다.

"자, 건배!"

"캬! 좋다."

그렇게 고량주가 몇 순배 돌았다. 러시아 음악으로 어디선가 막혔던 봇물이 툭 터진 그녀는 고량주까지 겹들이면서 무한정 마르지 않는 '기쁨의 샘'을 만난 것처럼 보였다.

"마셔, 먹고 죽자!"

"그래, 먹고 죽자!"

그녀는 격식도 체면도 저만치 벗어던졌다. 건배사도 경쾌해졌고 나누는 얘기마다 연신 웃음꽃이 피어났다. 속상하고 괴로우면 모든 말이 가시가 되지만, 즐겁고 행복하면 모든 언어가 다 기쁨이 된다. 그날 초저녁부터 한 번도 쉬지 않고 계속 돌아가던 러시아 음악 CD가 멈춘 건 다음 날 새벽 4시였다.

일주일 후 명상 모임에 나타난 그녀는 전과는 달라져 있었다. 얼굴에 생기가 돌았다.

"잠을 푹 잔 게 얼마 만인지 모르겠어요."

만족감이 가득 담긴 목소리로 그녀가 말했다. 지독한 불면증이 사라진 것이다. 나는 예의도 뭐고 없이 직설적으로 물었다.

"화장실은?"

그녀는 가만히 미소를 지어 보이며 손가락 3개를 펴 보였다. 오랫동안 느껴 보지 못했던 배설의 즐거움을 일주일 사이에 3번이나 만끽한 것이다.

달리고 울고 노래하라

몽골 전통 복색을 한 촌로가 저만치 앞에서 흥얼흥얼 노래를 부르며 말을 타고 간다. 이따금 고개를 뒤로 돌려 내가 잘 따라오는지 확인해 가며 적절한 속도를 유지한다. 나는 몽골에 오기 전 말을 타는 법은 배웠지만 넓은 초원에서 실제로 말을 몰아보기는 처음이다.

나는 몽골인 가이드 엔카 씨와 함께 드넓은 초원을 말을 타고 달렸다. 끝없이 펼쳐진 야생 초지는 걸림이 없이 멀리 하늘과 맞닿아 있었다. 나는 초원의 유혹에 흠뻑 빠져 달리고 또 달렸다. 차를 타고 달리면서 느껴지는 속도감과 말을 타고 맨몸으로 체감하는 속도감은 확연히 다르다. 몽골의 넓은 평원에서 말을 타고 달리다 보면 온몸의 세포에서 자유로움이 느껴진다. 자연과 하나가 되는 자유로움 말이다.

몽골 수도인 울란바토르에서 북서쪽으로 700km 거리에 90여 개의 크고 작은 강들이 모인 홉스굴 호수가 있다. 제주도 면적과 맞먹는 크기의 이 호수는 넓은 초지와 나무 군락으로 둘러싸여 있고, 별을 보기 좋은 여행지로 손꼽힐 만큼 오염되지 않은 청정 호수다.

2013년 초여름 나는 이 홉수굴 호수와 맞닿아 있는 초원을 일주일간 말을 타고 달렸다. 평생을 말과 함께 살아온 엔카 씨의 안내로 아침부터 저녁까지 말 그대로 온종일 말을 몰았다. 넓은 초지와 야트막한 산속의 평평한 길을 묵묵히 달렸고, 몽골 전통 천막집인 게르에서 식사를 하고 잠을 잤다.

말에 올라타면 평지보다 높은 공간에 있게 된다. 단순히 말 위에 있을 뿐인데 마치 허공에 떠 있는 듯한 느낌을 받게 된다. 말이 앞으로 달려 나가면 허공을 가르게 되는 것이다. 그런 느낌으로 말을 타고 며칠을 달리다 보면 모든 것이 비워지고 또 비워진다. 미움과 원망, 시기, 불안과 같은 감정들이 들끓는 내면으로부터 자유로워진다. 아무리 밉고 원망스러운 사람이 있더라도 '용서'하고 '화해'를 할 수 있을 것 같다.

"음식을 먹으면 소화가 안 돼요. 심지어 약을 먹기 위해 마시는 물조차 막혀서 내려가지 않을 때도 있어요."

몽골 초원에서 불어오는 바람을 느끼며 말을 몰다가 지독한 소화불량에 시달려 고통을 호소하던 50대 여성 환자가 떠올랐다. 그녀는 전국 각지의 유명 병원을 찾았지만 뚜렷한 원인을 찾을 수 없었고, 병세가 호전되지 않아 지인의 소개로 사포리 한의원을 찾아왔다. 이런저런 얘기를 나누며 진료를 하면서 나는 단박에 그녀 가슴에 단단하게 응어리진 면이 있는 것을 감지할 수 있었다. 봄 햇살이 통유리 창문을 통해 진료실을 따스하게 비추는 가운데 조금씩 얘기가 깊어졌다.

그녀는 어린 시절부터 지금껏 자기 목소리 한 번 제대로 내지 못한 채 속으로 삭이며 살아온 자신의 이야기를 들려줬다. 억눌려서 표현되지 못한 감정들이 소화를 가로막는 주범인 것 같았다.

그녀는 한의원을 꾸준히 다니며 침 치료를 받으면서 조금씩 나아졌다. 그러다가 내가 연출한 치유 이벤트를 통해 극적인 병세 호전의 계기를 만났다.

"우리 드라이브 갈까요?"

어느 날 침을 맞으러 온 그녀에게 바람도 쐴 겸 트럭을 같이 타고 가서 나무를 실어 오자고 제안을 했다. 한의원에서는 나무로 불을 때 따뜻하게 데워진 황토방에서 침 치료를 하는데 마침 불을 지필 나무가 떨어진 것이다.

"그럴까요…"

처음엔 그다지 내켜 하지 않았던 그녀는 자연 풍광이 뛰어난 계룡산 인근 도로를 달린다는 말을 듣더니 순순히 응했다. 나는 그녀를 일부러 트럭 짐칸에 타게 하고 시골길을 천천히 달렸다.

때는 4월 중순쯤, 벚꽃이 만개해 봄 정취가 물씬 풍기는 길이었다. 트럭이 달리는 길옆 초등학교 교정에도 벚꽃이 환하게 피었고, 운동장에서 뛰어노는 아이들의 웃음소리도 정겹게 들려왔다. 내내 짐칸에서 조용히 앉아 있던 그녀가 어느 순간 자리에서 일어나 노래를 부르기 시작했다.

　　　푸른 하늘 은하수 하얀 쪽배에
　　　계수나무 한 나무 토끼 한 마리
　　　돛대도 아니 달고 삿대도 없이
　　　가기도 잘도 간다 서쪽 나라로

어린 시절 자주 불렀던 동요였다. 봄의 싱그러움을 가득 담아 불어오는 자연의 바람이 잠자던 그녀의 내면을 깨운 것 같았다. 트럭이 점차 속도를 내면서 그 리듬에 맞춰 노래를 부르는 그녀

무엇이 두려워 안으로, 안으로만 숨으려 하는가?

들판으로 나가라.

들판으로 나가 그대의 가슴으로 들판의 바람을 맞이하라.

의 목소리도 커졌다. 입을 닫고 있던 어린아이가 말문이 트이면서 쉬지 않고 이야기를 하는 것처럼 동요로 시작한 그녀의 노래는 멈추지 않고 계속해서 이어졌다.

느린 템포부터 빠른 속도의 곡까지, 동요와 가요, 트로트를 가리지 않고 레퍼토리도 다양하게 펼쳐졌다. 노래를 부르다가 가사가 생각나지 않으면 즉석에서 작사를 하거나 허밍으로 대신하기도 했다. 누구 눈치를 보거나 격식을 따질 필요가 없으니 제멋에 취해 그저 흘러나오는 대로 노래를 불렀다. 어느 순간에는 흥에 겨운 듯 "야호!", "신난다!" 하는 환호성도 연이어 터져 나왔다.

한참을 그렇게 달리던 트럭이 목적지에 도착하면서 노래도 멈췄다. 트럭에서 내려온 그녀의 얼굴이 눈물로 범벅이 되어 있었다. 자연의 바람을 그대로 맞으며 느껴지는 자유로움에 몸과 마음을 맡기면서 꼭꼭 눌러만 왔던 억눌린 감정이 노래를 통해 밖으로 표출된 것이다. 돌처럼 굳어져 버린 감정들이 노랫말에 실려 계룡산 자락 어디론가 발산된 것이다.

장작을 싣고 돌아오는 길에도 그녀는 조수석에 앉아 차 문 유리를 내리고 계속해서 노래를 불렀다. 나는 아무런 말도 건네지 않았고, 적절한 속도로 트럭을 운전했다.

이 일을 계기로 그녀의 소화 기능은 급속도로 좋아지기 시작했다. 꽉 막힌 속이 조금씩 뚫리면서 음식물이 넘어가기 시작한 것이다. 이제 다른 치료가 필요 없었다. 나는 그녀가 한의원에 올 때마다 트럭에 태워 계룡산 주변을 천천히 돌았다. 그녀는 트럭 짐칸에서 수십여 곡의 노래를 맘껏 부르며 응어리진 속을 풀고 또 풀었다. 때로는 다른 환자들과 함께 트럭에 올라 콘서트 무대에 선 가수들처럼 율동까지 해 가며 합창을 하기도 했다.

'트럭 노래방' 치료 효과가 환자들 사이에 입소문이 나면서 너도나도 트럭을 태워 달라고 해 나는 한동안 '침'을 놓는 것보다 '운전대'를 더 많이 잡아야만 했다. 의사는 트럭을 운전하고 환자들은 짐칸에 올라가 노래를 하는 장면이 연일 펼쳐진 것이다.

봄 한 계절이 다 지나도록 그렇게 트럭을 타고 열창하면서 그녀의 소화 기능을 방해했던 장애물이 다 허물어졌다. 다시 음식 먹는 즐거움을 찾은 것이다.

침을 놓고 약을 쓰는 치료도 필요하지만, 이렇듯 자연의 바람을 맞으며, 노래로, 춤으로, 눈물로 꽁꽁 얼어 버린 내면의 감정을 풀어내면 더욱 깊은 차원에서 본질적인 치유가 일어난다.

그동안 참 많이 애쓰셨습니다

　적어도 3시간 이상 걸리는 먼 곳에서 두 분이 찾아왔다. 한 분은 사포리에 와서 치료를 받은 적이 있어서 안면이 있지만 다른 한 분은 첫 방문이었다. 이들은 친구 사이로, 사포리에 와 본 적이 있는 정미 씨(가명)가 고교 시절 단짝 친구였던 은희 씨(가명)의 치료를 위해 먼 길을 달려왔다고 소개했다.

　간단히 인사를 나누고 차를 마시는데 분위기가 무거웠다. 환자가 오면 늘 이런저런 얘기를 나누는데 이날만큼은 선뜻 말문이 열리지 않았다. 은희 씨를 데리고 온 정미 씨가 이런저런 설명은 하지 않았지만 은희 씨의 내면이 심란함으로 가득 차 있다는 것은 굳이 얘기를 나누지 않더라도 알 수 있었다. 그녀의 온

몸 세포들이 이미 빨간 불이 켜진 비상 상황임을 스스로 알리고 있었다.

은희 씨의 삶을 이끌어 가고 지탱하는 원동력인 가슴속 생명의 온기도 이미 차갑게 식은 상태였다. 불을 때던 아궁이에 불씨가 사라져 차갑게 식어 버린 지 오래된 것 같았다. 작은 불씨라도 있어야 불을 다시 지펴 생명의 온기를 회복할 수 있는데 그 불씨조차 꺼져 불을 다시 피우기도 쉽지 않아 보였다.

그래서인지 누구도 선뜻 말을 꺼내지 못하고 차만 계속해서 마셨다. 찻물을 끓이는 소리와 차를 우려 잔에 따르는 소리가 우리가 나눠야 할 대화를 대신하고 있었다. 이런 경우는 처음이었다. 그렇게 20분 가까이 지났을까. 내가 먼저 무거운 침묵을 깼다.

"침 맞아 보실래요?"

맥을 짚어 보는 진맥이나 아픈 상태를 물어보는 문진은 그녀에게는 의미가 없어 보였다.

"그래, 한의원에 왔으니 침은 맞아야지. 나도 전에 침 맞고 아픈 곳이 다 나았어."

옆에 앉은 정미 씨도 지푸라기라도 잡는 심정으로 거들었다. 나와 친구를 번갈아 쳐다보던 은희 씨는 어색한 미소를 지으며 침을 맞겠다고 했다. 자포자기한 심정에서 친구의 청에 못 이겨

먼 길을 왔는데 침 맞는 것이 무슨 대수냐는 표정이었다. 은희 씨는 황토방으로 자리를 옮겨 침을 맞기 위해 누웠고, 나는 보통 때처럼 그녀의 발에 손을 얹고 눈을 감은 채 기도에 들어갔다. 내면의 온기가 사라져 버린 환자라서 그랬을까. 내 기도는 더욱 간절했다.

'그동안 살아오면서 참 많이 애쓰셨습니다. 어렵고 힘들더라도 끝까지 포기하지 마시길 기도합니다. 당신은 온전한 존재입니다. 당신은 본래부터 신성한 영혼입니다. 당신 안에는 신령스러운 존재가 숨을 쉬고 있습니다. 어둠 속에서 벗어나 온전한 본래의 모습을 찾아 회복하시기를 온 마음을 다해 기원합니다…'

그렇게 한참을 그녀를 위해 기도를 하고 가만히 눈을 떴다.

그녀가 소리 없이 울고 있었다. 눈을 꼭 감은 그녀의 양볼을 타고 눈물이 주르륵 흘러내리고 있었다. 터져 나오는 울음은 애써 꾹 참고 있었지만, 쉬지 않고 흐르는 눈물은 통제 밖 상황인 것 같았다. 내가 기도하는 동안 메말라 버린 그녀의 내면에 큰 자극이 가해진 것 같았다. 나는 아무런 말도 하지 않았고, 다시 눈을 감은 채 그녀가 안정될 때까지 조용히 기다렸다. 한동안 지속됐던 그녀의 눈물이 잦아들자 나는 비로소 그녀에게 침을 놨다.

그들은 사포리를 떠날 때까지 아무런 말이 없었고, 별다른 작별 인사도 하지 못한 채 돌아갔다.

그로부터 몇 개월 후 은희 씨로부터 한 통의 문자 메시지를 받았다. 친구인 정미 씨에게 내 전화번호를 물어 문자를 보낸 것 같았다.

"원장님! 그때 발을 잡고 기도하시는 모습에 정말 감동했습니다. 아니 감동을 넘어 충격이었습니다. 원장님 같은 분을 만난 것은 저에게 큰 축복이었습니다. 시간이 좀 더 지나 제 마음이 완전한 평화를 찾을 때 원장님을 처음 뵌 날 제가 어떤 상태였는지 편하게 말씀드리겠습니다."

황토방에서 하염없이 눈물을 흘리던 그녀의 모습이 떠올랐다. 그날 이후 소식을 듣지 못해 마음 한켠에 늘 걸렸는데 이제 안심해도 될 것 같았다. 문자 메시지에는 그녀가 새로운 분야의 일을 찾아 활동하고 있다는 소식과 삶의 활력을 되찾았다는 내용도 들어 있었다. 꽁꽁 얼어 있었던 아궁이에 다시금 불이 지펴져 활활 타고 있는 모습이 떠올랐다.

나중에 정미 씨에게 전해 듣기로 은희 씨는 사포리에서 침을 맞고 집으로 돌아가는 차 안에서 내내 눈물을 멈추지 않았다고 한다. 그녀는 일면식도 없었던 시골 한의사가 사람의 신체 중에서 가장 낮은 곳인 발을 잡고 정성껏 기도를 해 주는 모습에 감동했다고 한다. 그것도 오롯이 자신만을 위해서 말이다. '고마움'이나 '감사'로는 미처 표현하지 못한 큰 은혜를 입은 것 같아 가슴속에서 뭉클함을 느끼면서 눈물이 터져 나왔다는 것이다. 절박한 상황에서 생면부지의 한의사가 자신을 위해 눈을 감은 채 발에 손을 얹고 간절하게 기도를 하는 모습에 공고하게 쌓인 두꺼운 얼음벽이 녹아내린 것이다.

은희 씨가 극단적인 선택을 결심하게 된 배경에 대해서는 정미 씨도 알지 못했다. 한동안 연락이 두절됐던 은희 씨에게 전화가 왔는데 통화를 하다 보니 왠지 섬뜩한 느낌이 들었다는 것이다. 그래서 가슴이 덜컥해 '잠깐 얼굴이나 보자'며 약속을 잡았고 만나자마자 바로 차에 태워 사포리까지 온 것이다. 차 안에서도 속 깊은 얘기는 나누지 못했다고 했다. 그저 남편의 사업 실패로 경제적인 어려움에 내몰렸다는 얘기만 나중에 언뜻 들었다고 했다.

어떤 감당할 수 없는 큰 무게감에 짓눌렸는지, 어떤 심한 고초에 시달렸는지 은희 씨가 얘기하지 않는 이상 모르는 것이다. 확실한 것은 은희 씨가 사포리를 다녀간 것이 계기가 돼서 잘못된 판단을 거둬들이고, 새로운 출발선에서 인생 2막을 열어젖혔다는 것이다.

나는 은희 씨에게 사포리에서 바라본 밤하늘 사진을 곁들여

답신을 보냈다.

"은희 씨, 우리가 이 아름다운 지구별에 와서 서로 사랑하며 따뜻한 온기를 나눌 수 있는 마음들을 만나는 것이야말로 가장 값진 일이지요. 우리 가능한 한 그렇게 살아요. 그러면 이 지구별을 떠나야 할 시간에 나 자신에게 떳떳하고 흐뭇한 미소로 작별할 수 있을 것 같네요. 은희 씨, 우리 파이팅해요!"

혼자 아파하는 사람들

발을 잡고 기도하는 한의사

티베트의 정신적 지도자 달라이 라마 주치의인 예시 돈덴이 미국을 방문했을 때 일이다. 티베트 전통 의술 대가인 예시 돈덴의 능력을 시험해 보고 싶은 미국 의사들은 아무런 사전 정보나 설명 없이 한 여성 환자를 진찰하게 했다. 당시 현장에 있었던 의사 한 명은 훗날 이렇게 회고했다.

환자의 손목을 잡고 진맥을 시작한 예시 돈덴의 눈은 내내 감겨 있었고, 진맥은 30분 동안 지속됐다. 그의 모든 기운과 정신이 진맥을 짚는 데 쏟아지고 있다는 것을 알 수 있었다. 맥을 짚는 행위가 하나의 종교의식처럼 느껴졌다. 두 사람은 마치 어떤 특정한 장소

로 멀리 떠나 있는 듯했다. 그는 의사가 아니라 성직자였다. 진맥을
마친 예시 돈뎬은 환자가 앓고 있는 질병을 정확하게 짚어 냈고,
평범한 진료 행위를 성스러운 의식으로까지 승화시킨 모습에 미국
의사들은 큰 감동을 받았다.(『영혼을 위한 닭고기 수프1』, 푸른숲)

　내가 진료를 하는 '햇님쉼터 한의원'은 도심지에서 멀리 떨어
진 한적한 시골 마을인 충남 논산시 연산면 사포리에 자리하고
있다. 국립공원인 계룡산과 접해 있어 명산이 품고 있는 온유한
기운을 느낄 수 있고, 넓은 들판과 주변 야산이 적절하게 조화를
이룬 곳이다. 애초 이곳으로 한의원 터를 잡은 이유도 눈을 잡아
끄는 화려한 풍광보다는 오래 있어도 질리지 않는 아늑한 장소
를 찾고 있었기 때문이다.

　도심지를 벗어난 곳에서 한의원을 열기로 마음을 먹고 적당
한 장소를 물색하기 위해 전국 방방곡곡을 돌아다니다가 사포
리에 처음 발을 딛는 순간, 그토록 오랫동안 찾아다니며 바랐던
최적지임을 단박에 알 수 있었다. 사포리는 세상 그 어떤 아픔
도, 결코 용서받지 못할 큰 잘못일지라도 가만히 보듬고 품어 주
는 넉넉함을 갖추고 있었다. 그저 여기 오는 것만으로도 사람들
의 몸과 마음의 상처가 아물 것만 같았다.

　주변 산들도 모두 편하게 누워 있는 것처럼 보였다. 산속 어디

선가 나에게 "이곳에서는 꼿꼿하게 서 있지 않아도 돼. 그저 편하게 쉬어도 돼."라고 말하는 것 같았다. 생존을 위해 정신없이 돌아가는 세상에서는 온몸을 꼿꼿하게 세운 채 바짝 긴장해야 겨우 살아갈 수 있지만, 산들조차 모두 누워 있는 사포리에 오면 누구나 편하게 쉬고 갈 수 있을 것 같았다.

그곳에 잠시 앉아 봤다. 소박하면서 허허롭고, 아득함과 평화로움이 동시에 느껴졌다. 화려하고 멋있는 풍경은 인간의 욕망을 자극하지만, 소박하고 허허로운 곳은 내면의 그윽함을 만나게 하고 영혼을 편하게 쉬게 한다. 한가롭고 허허로워야 상기되고 떠 있는 기운이 차분하게 가라앉고 울림이 일어나는 것이다.

나는 그 자리에 찻집 같은 한의원을 지었다. 한의원을 찻집처럼 만든 것은 의사와 환자가 충분히 교감을 나눠야 온전한 치유에 이를 수 있다고 믿기 때문이다. 딱딱한 진료실에서 무미건조하게 묻고 대답하는 거래적인 관계로는 제대로 된 치유가 일어나기 쉽지 않다. 나는 누구나 편하게 부담 없이 찾아와 의사와 얘기를 주고받을 수 있는 그런 한의원을 만들고 싶었다.

사포리에서의 치료는 단계별로 진행된다. 우선 환자들이 사포리에 가기로 마음을 먹는 순간부터 이미 치료가 시작된다. 사포리까지 적잖은 시간이 걸리는 것을 감수하고 '그래, 사포리에 가자'며 마음속으로 결정한 순간이 바로 치료의 첫 단계다.

이어 한적한 시골길의 정취를 느끼며 따스한 햇볕을 쐬고 자연에서 불어오는 바람을 맞으며 사포리까지 이동하는 여정이 두 번째 치료 단계다. 차를 타고 오면서 푸른 숲에서 자연의 생명력을 보고 시골 국도의 느긋함을 느낄 수 있어 마음이 안정되고 이완되는 효과가 있기 때문이다.

사포리에 도착하면 세 번째 치료 단계로 이어진다. 의사와 환자가 커다란 다탁(茶卓)에 마주 앉아 차를 마시며 천천히 이야기를 나누는 시간을 갖는 것이다. 낯선 사람과 편하게 마음을 나누기 위해서는 서로가 따뜻하게 만나야 하는데 몸과 마음을 또렷하게 하는 각성의 효과를 주는 녹차보다는, 따뜻함과 이완을 줄 수 있는 보이차가 더 잘 어울린다. 보이차를 내려 여러 잔 마시면 속이 따뜻해지면서 굳어 있는 마음도 풀린다. 차를 마시면서 서로가 눈을 마주 보고, 얼굴을 마주 보고, 가슴을 마주 보게 된다. 그렇게 마음이 풀리고 이완이 되면 의사와 환자 간 친밀도가 높아지면서 공감이 일어나고 진솔한 얘기가 오갈 수 있게 된다.

간혹 어떤 분은 '침이나 얼른 놔 주시지, 왜 자꾸 얘기만 하실까?' 하며 불편해하는 경우도 있지만, 환자의 마음 상태와 감정을 이해하고 파악하는 것이 치료 과정에 있어 무엇보다 중요해 오랜 시간에 걸쳐 이야기를 나눈다. 환자와 대화를 나누다 보면 환자의 몸을 구성하는 세포들로부터 읽혀지는 것이 있다. 한 사람의 세포에는 어린 시절부터 현재까지 겪어 온 기쁨과 슬픔, 고통, 원망, 분노, 억울함 등 온갖 감정들이 켜켜이 쌓여 있기 때문이다. 그래서 환자와 충분하게 교감이 이뤄진다면 굳이 진맥하지 않더라도 병증이나 문제점이 드러나고, 이를 통해 대략적인 치료의 방향도 잡는다.

한의원에 차만 있는 건 아니다. 찻집에서 늘 음악이 흐르는 것처럼 한의원에서도 그날그날 분위기에 따라, 마주 앉은 환자에게서 느껴지는 것에 따라 적합한 음악을 튼다. 환자를 치료하면서 음악의 효능을 자주 경험해 사포리 한의원에는 다양한 장르에 걸쳐 수백 장의 음반이 갖춰져 있다.

환자와의 다담(茶談)에 이어 네 번째 치료 단계는 황토방으로 옮겨 진행된다. 침을 맞는 것이다. 한의원 진료실과 바로 연결된 황토방은 늘 따스하게 데워져 있다. 계절에 따라 수시로 황토방 아궁이에 장작을 넣고 불을 땐다. 황토방에 가만히 누워 있으면 등에서부터 온기가 느껴지고 그 따스함이 점차 온몸으로 퍼져 자연스럽게 이완이 된다. 여기에 너무 어둑하지 않게 조도까지 적당히 낮춰 황토방을 접한 환자들은 세상에서 가장 안락했던 공간인 어머니의 자궁에 있는 것처럼 편안해한다.

환자들은 이곳에서 침을 맞기 전 의미 있는 다섯 번째 치료 단계를 맞이한다. 바로 환자의 치유를 기원하고 본래의 마음으로 돌아가길 염원하는 의사의 기도다. 의사인 내가 직접 환자를 위해 기도를 하는 것이다. 처음 침을 맞는 환자나 매일 침을 맞는 환자 모두 똑같이 매번 침 시술에 앞서 나는 반드시 환자를 위해 기도를 한다. 침을 맞기 위해 누워 있는 환자의 발치에 자리를 잡고 두 손을 환자의 두 발에 가만히 대고 눈을 감는다. 그리고 가슴속으로 진심을 다해 기도한다.

'당신은 원래부터 온전한 존재입니다. 어둠에서 벗어나 온전한 본래의 모습을 찾아 회복하기를 기원합니다. 당신은 본래부터 신령한 영혼입니다. 신령한 존재가 당신 안에서 숨을 쉬고 있습니다. 내면의 신성한 빛을, 그 온전한 순수함을 되찾기를 간절히 기원합니다.'

그렇게 5분이 넘는 시간 동안 환자가 본래의 자기 모습을 회복하는 데 밀알이 되기를 바라며 기도를 한다. 한 치 앞도 보이지 않는 캄캄한 어둠 속에 있더라도 한 줌 햇살이 비치면 단숨에 환해지는 것처럼 내 기도가 좁쌀 한 알만큼이라도 환자의 가슴에 스며들기를 간절히 바라며 매일같이 사포리를 찾는 모든 환자를 위해 기도를 한다.

사람의 발은 참 겸손하다. 인간의 몸에서 발은 가장 낮은 곳에

사람의 발은 참 겸손하다.
인간의 몸에서 가장 낮은 곳에 있어서
인위적으로 감추거나 꾸밀 수 없는
솔직한 참모습이 발에는 드러난다.
그래서 발은 진심을 나눌 수 있는 통로가 된다.

있다. 가장 높은 곳에는 머리가 있고 눈이 있고 입이 있다. 높은 곳에 있다는 것에는 여러 가지 의미가 있다. 거기에는 욕망이 있고, 오만이 있고, 에고가 있다. 외부 세계가 바라는 대로 적응하기 위해 인위적으로 만들어진 모습을 하고 있는 것이다. 그런데 발은 그 사람의 본래 모습을 그대로 보여 준다. 세상에 태어나서 아무것도 가진 것이 없을 때의 모습을 간직하고 있다. 발을 보면 한 사람의 온전한 순수함을 만날 수 있다.

성경에도 예수님이 제자들의 발을 씻겨 주시는 장면이 나온다. 예수님은 최후의 만찬 도중 자리에서 일어나 겉옷을 벗고 수건을 가져다가 허리에 두르고 대야에 물을 떠 제자들의 발을 씻겨 주셨다. 물론 이 장면에 대해서 여러 가지 해석이 있을 수 있지만, 내게는 발이 가진 온전한 순수함을 느끼는 계기가 됐다.

발을 잡고 기도를 하게 된 주된 이유는 내가 그토록 원했지만 받지 못했던 것을 나를 찾는 환자들에게 주기 위해서다. 나이를 먹고 철이 들면서 가장 아쉬웠던 것은 나를 온전한 존재로 바라봐 주는 시선을 만나지 못했다는 것이다. 특별히 무언가를 출중하게 잘하거나 뛰어난 능력을 갖췄기 때문이 아니라 본래부터 온전한 존재라고 인정하고 받아 주는 가슴을 만나지 못한 서글픔이 늘 내 가슴을 허전하게 했다. 인간을 가치로 판단하는 눈빛이 아닌, 존재 그 자체로 인정하고 만나 주는 시선이 그리웠다.

그래서 예수님의 눈빛을 그리워하기도 했다. 만약 내가 2000여 년 전으로 돌아가 수백 명이 모인 가운데 예수님이 말씀하시는 그 자리에 있었다면 어떨까 상상해 본다. 예수님이 사람들을 둘러보며 말씀을 하시다가 단 한 번만이라도 나와 눈이 마주친다면…. 온전한 존재로 나를 바라봐 주는 예수님의 눈빛이 환한 빛이 되어 그대로 나에게 들어와 줄 것만 같았다. 아무리 외롭거나 두렵고 어두운 영혼이라도 내면에 빛이 들어온다면 더는 두려움에 떨거나 무서워하지 않게 된다. 단 한 사람이라도 진실하고 깊게 나를 만나 준다면 나의 외면적 가치를 인정하는 수백 명 아니 수천 명이 할 수 없는, 나의 영혼의 빛을 밝히는 스위치가 켜지게 된다.

오늘도 나는 모든 환자가 빛을 밝힐 수 있도록 당신은 온전한 존재라고 바라보고 인정해 주는 기도를 하고 있다. 언젠가 내 기도가 통해 누군가 본래의 자기 모습을 회복하고 '아! 그 한의사가 나에게 해 준 지극한 기도가 내 영혼에 온기를 불어넣어 줬구나.'라며 그 고마움에 대한 답례로 또 다른 이에게 내가 전해 준 그 온기를 전해 주기를 바라는 마음에서다.

그렇게 한 사람에서 다른 사람에게로 끊임없이 그 온기가 전해지고 또 전해진다면 이 세상은 얼마나 아름다울까.

2.

가장 가까운 사람이
가장 아프게 한다

사랑이라는 이름으로 주는 상처

"이 원장, 자네가 사람 하나 맡아 줘야겠어."

잘 아는 고등학교 선배가 꼭 치료해야 할 사람이 있다며 만나 달라고 요청했다. 한인 교포가 대표로 있는 호주 회사의 한국 지사를 맡아 운영하는 선배였다. 그 회사 대표 아들을 치료해 달라는 부탁이었다. 몸이 아니라 마음이 고장 나 바로잡아 달라는 것이다.

그런데 그 아들에 대한 설명을 들어 보니 치료가 쉽지 않을 것 같았다. 가출을 밥 먹듯이 하고, 집 안에 있는 5000만 원짜리 명품 시계를 몰래 갖고 나가 팔아 유흥비로 탕진하는 등 이만저만한 사고뭉치가 아니었다. 내가 하는 치료는 의사와 환자의 마음과 마음이 만나야 가능한데, 그 친구와는 가슴으로 만나기가 쉽지 않을 것 같았다. 더구나 당시에는 환자 치료를 잠시 쉬기로 한 안식년 기간이었다. 그래서 안식년을 핑계로 거절했다. 하지만 선배는 물러서지 않았다.

"이 원장, 제발 부탁하네. 대표가 아들 일로 골머리를 심하게 앓아 옆에서 보기에 너무 딱해서 그래. 정 내키지 않으면 한 번 만나기라도 해 줘."

거듭된 선배의 간곡한 요청에 한 번 만나는 보기로 하고 대전에서 약속을 잡았다. 그런데 막상 그 친구를 만나 보니 얘기 듣던 것과는 전혀 딴판이었다. 거친 반항아에 구제 불능의 버릇없는 부잣집 아들일 줄 알았는데, 실제로는 내면의 결이 고운 감수성이 풍부한 친구였다. 그저 외로움을 많이 타는 서른 살 청년이었다. 어른들이 보는 시각과 실제 모습이 너무 달라 속으로 피식 웃음이 나왔다. 그 친구는 붙임성이 좋았고 예의도 지킬 줄 알았으며 낯선 타인에게 쉽게 문을 열 만큼 개방적인 면도 있었다. 내 마음에서 OK 사인이 떨어졌다. 선배에게 전화해 '치료할 수 있을 것 같다'고 승낙 의사를 밝혔다.

그 친구는 호주에서 다니엘(가명)로 불렸다. 나는 다니엘을 사포리의 시골집으로 데리고 갔다. 대전에서 운영하던 한의원을

혼자 아파하는 사람들

사포리로 옮기기 위해 준비 작업 차 시골집을 얻어 지내고 있을 때였다. 다니엘도 당시 마땅한 거처가 없어 한두 달 함께 머물기로 했다.

다니엘은 말하기를 좋아하는 청년이었다. 아침에 눈을 뜨면 입을 열기 시작해 저녁에 잘 때까지 온종일 말을 이어갔다. 그만큼 하고 싶은 얘기도 많았고, 감내하기 쉽지 않은 힘든 일들을 겪었다.

그가 어렸을 때 아버지는 돈을 벌기 위해 아내와 두 아들을 두고 홀로 호주로 떠났다. 그런데 남편이 머나먼 타국에서 악착같이 일을 하며 돈을 버는 동안 아내는 아이들을 시어머니에게 맡겨 놓고 집을 나갔다. 거기서부터 다니엘의 어두운 인생이 시작됐다. 엎친 데 덮친 격으로 할머니도 한동안 아이들을 홀로 키우다가 보육원에 맡겨 버렸다. 어린 나이에 믿고 의지했던 가족에게 두 번씩이나 버림을 받은 것이다.

초등학교도 들어가기 전에 벌어진 그때의 일은 엄청난 충격과 상처가 되어 다니엘의 가슴에 지워지지 않는 문신처럼 또렷하게 각인됐다. 보육원에서의 생활은 결핍 그 자체였다. 밥을 먹어도 배가 고팠고, 따뜻한 이불을 덮고 있어도 추웠다. 그렇게 보육원에서 5년 조금 넘게 지냈을 때 기억조차 희미한 아버지가 찾아왔다. 호주에서 작은 사업체를 일궈 어느 정도 안정 단계에

접어들어 가족을 데리러 왔는데, 아내는 집을 나가 행방이 묘연했고 아이들은 보육원에 맡겨진 사실을 알게 됐다. 피가 거꾸로 흐르는 듯한 분노를 애써 삭이며 전국의 보육원을 미친 듯이 뒤져 아이들을 찾아냈다. 아버지는 아이들을 데리고 바로 호주로 돌아갔다.

나는 다니엘과 아궁이가 있는 시골집 부엌에서 주로 얘기를 나눴다. 그때는 한겨울이라 직접 불을 때 난방도 하고 요리도 했는데, 다니엘은 빨갛게 타고 있는 아궁이 불빛을 유난히 좋아했다. 그곳에서 다니엘은 자신이 살아온 얘기를 했고, 나는 진지하게 들었다. 그가 하는 얘기는 온종일 들어도 질리지 않았다. 진정으로 아픔을 얘기하는 목소리에는 에너지의 울림이 있다. 가슴에서 나오기 때문이다. 머리에서 생각하고 입으로 말하는 것과는 차원이 다르다.

다니엘은 호주에서의 삶도 만만치 않았다. 아버지는 아들이 영어에 어느 정도 익숙해지자 규율이 엄격한 기숙형 사립학교로 보냈다. 거친 세상에서 살아남으려면 강하게 커야 한다는 것이 아버지의 확고한 교육관이었다. 부모와 떨어져 보육원에서 지낸 상처가 있는 다니엘은 울며불며 못 가겠다고 버텼지만, 아버지의 뜻을 꺾을 순 없었다. 다니엘은 최상의 교육 시설과 수준

높은 교육으로 유명한 명문 학교에서 중·고교 과정을 마쳤지만, 탈출구가 없는 숨 막히는 공간으로만 기억될 뿐이었다.

아버지는 두 아들 중 자신을 쏙 빼닮은 다니엘에게 유난히 정이 많이 가 자신만의 방식으로 사랑을 베풀었지만, 정작 아들에게는 그만큼의 상처로 돌아갈 뿐이었다. 어린 자식들이 버림을 받아 보육원에 있는 줄도 모르고 머나먼 타국에서 미친 듯이 돈벌이에만 혈안이 됐었던 아버지 자신에 대한 책망과 아이들에 대한 미안함까지 더해져 자신의 과오를 만회하기 위해서라도 '잘 키워야 한다'는 심적 압박이 컸다. 그래서 더욱 거세게 몰아붙인 측면도 있었다. 아버지는 그것이 자식에 대한 최선의 사랑이라고 생각했다.

사랑을 받지 못하면, 사랑을 주는 법을 모른다. 사랑을 받지도, 배우지도, 경험하지도 못하면 사랑이라는 미명 아래 상처를 주기 쉽다.

다니엘은 대학에서 미술을 전공했다. 아버지는 경영학과에 가기를 원했지만, 그림 그리는 것이 좋아 미술을 선택했다. 아버지의 뜻을 무시하고 몰래 미대에 진학한 것이다. 아들이 대학에 입학한 후에야 그 사실을 알게 된 아버지는 크게 분노했고, 부자 지간에 격한 전쟁이 벌어지기도 했다. 대학 졸업 후 다니엘은 자신이 사랑하는 일본인 유학생과 결혼하려고 했지만, 외국인은 절대로 며느리로 받아들일 수 없다는 아버지의 강한 반대에 밀려 뜻을 접어야만 했다.

그 후 한국 유학생을 만나 첫눈에 반해 결혼까지 골인했지만, 결혼 생활은 순탄하지 못했다. 같이 살기 시작하면서 서로 공감하고 일치하는 부분이 많지 않다는 것을 알게 됐다. 점차 둘 사이에 갈등이 깊어지면서 급기야 아내는 도저히 같이 살 수 없다며 한국으로 돌아가 버렸다. 그런 아내를 달래기 위해 다니엘도 뒤따라온 것이다. 하지만 냉랭하게 식어 버린 아내의 마음은 돌아오지 않았다.

정에 굶주린 사람은 한번 정을 주면 쉽게 끊지 못한다. 상대방의 마음이 이미 떠났음을 알면서도 다시 거둬들이지 못한다. 정을 받아 보지 않아서 썩은 동아줄인 줄 알면서도 쉽게 놓지 못하는 것이다. 다니엘이 딱 그랬다. 아내와의 관계는 이미 파국 단계로 접어들었고, 두 사람의 성격과 기질을 감안하면 다시 합친다 하더라도 원만한 사이를 유지하리라 장담할 수 없었다. 다니엘도 그런 사실을 잘 알고 있었지만, 정을 나눴던 사람과의 '이별'은 곧 '버림'으로 받아들여 어린 시절 상처를 다시 덧나게 할 것 같아 어떻게든지 헤어지지 않기 위해 안간힘을 쓰고 있었다.

다니엘은 타인의 아픔에 대한 감응 지수도 높았다. 자기 가슴에 아픔을 간직하고 있어 다른 사람이 괴롭거나 아파하는 것을 보면 쉽게 공감을 한다. 다니엘의 얘기를 매일같이 듣다 보니 특이한 면이 있었다. 한때 사랑했던 일본인 유학생 미치코(가명)에 대한 얘기를 할 때의 다니엘은 전혀 다른 사람처럼 보였다. 미치코가 얘깃거리가 될 때면 우선 표정부터 환해진다. 그러면서 온몸 세포에 환한 불이 켜져 마음과 영혼까지 밝게 빛나는 것처럼 보였다. 나는 일부러 틈만 나면 미치코 얘기를 자꾸 물어봤다. 궁금한 것도 많고 호기심이 강한 유치원생처럼 미치코에 대해 귀찮을 정도로 묻고 또 물었다. 그럴 때마다 다니엘은 번거로운 기색이나 머뭇거림 없이 환한 웃음을 지어 보이며 미치코 얘기를 해 줬다.

미치코는 집안 형편이 넉넉지 않아 피아노 레슨을 하며 학비를 벌어 생활했는데, 밝은 성격에 얼굴도 예뻐 인기가 많았다고 한다. 다니엘은 유학생 모임에서 미치코를 처음 만났는데 서로 죽이 잘 맞았다. 오래전부터 알고 지낸 사람처럼 말도 잘 통했다. 둘은 그날 밤 해돋이를 보러 2시간 넘게 차를 운전해 바다로 갔다. 그리고 그곳 해변에서 아침 해가 장엄하게 뜨는 모습을 둘이서 말없이 지켜봤다. 다니엘은 파도처럼 밀려드는 행복감에 푹 젖어 들었다. 알퐁스 도데의 소설 「별」에서처럼 순수함으로 채색된 시간이었다.

사람의 기억은 상대적이다. 괴롭고 힘들었던 과거의 일을 자꾸 떠올리면 온통 힘든 인생을 살아온 것 같고, 반대로 즐거웠던 순간, 행복한 기억은 연상하면 할수록 '참 잘 살았구나!' 하는 만족스러움이 느껴진다.

다니엘의 인생에서 가장 따뜻했던 시절은 미치코와 사귈 때였다. 그래서 나는 미치코라는 등불로 온통 어둠으로 채색된 다니엘의 가슴에 환한 빛을 비춰 주는 치료를 했다. 행복감을 불러일으키는 아름다운 추억을 자꾸만 꺼내 보게 해 마냥 어둠으로만 기억되는 과거를 환한 색으로 채색하게 했다. 미치코와의 그 행복했던 추억, 아름다운 기억을 되새김질하게 한 것이다.

어둠 속에서는 작은 촛불만 있어도 환하게 밝아진다. 어둠이 밝음으로 바뀌는 것이다. 어둠과 싸워서는 결코 이길 수가 없다. 어두웠던 과거의 기억도 바꿀 수는 없다. 대신 행복한 기억, 아름다운 기억이라는 환한 빛을 켜면 그 어둠은 사라진다.

다니엘은 그렇게 사포리에서 한 달 넘게 미치코라는 등불을 매일같이 켰다. 그러면서 오랜 어둠의 장막이 걷혔다. 환한 빛이 다시 들어온 것이다. 그러면서 그의 내면에 서서히 변화의 조짐이 일어났다.

"다니엘, 미치코와 다시 시작해 보는 게 어때?"

나는 다니엘에게 호주에 있는 미치코를 다시 만나볼 것을 종용했다. 미치코를 반대하는 아버지는 내가 어떻게든지 설득해 보겠다고 했다. 다니엘도 이제 아내와는 다시 결합되지 못한다는 것을 받아들인 상태였다. 그는 곧장 호주로 날아갔다. 어쩌면 새 출발을 할 수 있을 것 같은 기대감에 부푼 여행길이었다.

그런데 불과 보름이 채 지나지 않아 다니엘이 돌아왔다. 사포리 시골집에 다시 마주 앉은 다니엘은 그사이에 무척 어른스러워진 것 같았다. 전에 없이 차분하면서 진지한 분위기가 배어 나왔다. 그는 호주에서 미치코와 꿈에도 그리던 재회를 했다. 단꿈 같은 만남도 몇 번 가졌다. 그런데 돌연 미치코가 연락을 끊고 잠적해 버렸다. '도대체 왜 사라졌을까?' 속이 깊은 미치코가 즉흥적으로 결정한 것 같지는 않았다. 그러면서 이 상황에 대해 과거처럼 안달복달하지 않고 놀랍도록 차분한 자신의 심적 상태에 대해 의아해하기도 했다.

다니엘은 곰곰이 생각해 봤다. 그러다가 마지막으로 봤던 미치코 모습이 떠올랐다. 그녀는 자신의 모습이 보이지 않을 때까지 한참이나 손을 흔들고 있었다. '아! 마지막 작별 인사였구나.' 그러면서 지난날 아버지의 반대로 어쩔 수 없이 헤어져야만 했던 순간에 미치코가 자신에게 했던 말이 생각났다. "다니엘, 우리는 이번 생에서는 맺어질 인연이 아닌 것 같아. 만약에 다음 생이 있다면 그때 다시 시작하자."

어둠 속에서는 작은 등불 하나로도 환하게 밝아진다.
어둠이 밝음으로 바뀌는 것이다. 어둠과 싸워서는 결코
이길 수가 없다. 어두웠던 과거의 기억도 바꿀 수는 없다.
대신 행복한 기억, 아름다운 기억이라는 환한 빛을 켜면
그 어둠은 사라진다.

새삼 미치코가 현명한 여자라는 생각이 들었다. '안 될 것은 안 되는구나. 그래 받아들이자.' 다니엘은 앞으로 미치코와 다시는 만나지 못할 수도 있겠다고 생각했지만, 그런 현실을 수긍하고 담담하게 받아들였다. 이른바 '행복기억 치유법'을 통해 내면의 건강함을 찾고 주체적인 힘이 생기면서 더는 과거의 상처에 끄달리지 않게 된 것이다.

"원장님, 전 호주에서는 왜 이렇게 고통스럽게 살게 하느냐고 하느님을 원망했었는데 여기 사포리에 와서는 바뀌었어요. 제가 살아온 인생도 어떻게 보면 축복이었구나 하는 생각이 들어요. 웃기죠?"

한동안 머물렀던 사포리 시골집을 떠나기 전날 저녁, 활활 불이 타고 있는 아궁이 앞에서 와인을 함께 마시며 다니엘이 한 말이다. 처음 만났을 때 메마르고 황폐했던 그의 가슴에 이제 사랑의 힘이 굳건하게 자리를 잡고 있었다. 나는 마지막으로 다니엘에게 그의 아버지와 통화한 내용을 들려줬다. 다니엘이 사포리에 처음 온 날 호주에서 전화가 왔었다.

"원장님, 못난 제 아들놈을 맡아 주신다니 어떻게 감사의 인사를 드려야 할지 모르겠습니다. 다 제가 잘못 키워 그렇게 됐습니다. 어린 시절 큰일도 겪었고요. 저에게 다니엘은… 저는 그놈을 위해서라면… 목숨도 내놓을 수 있습니다… 꼭 좀 치료해 주세요."

얼굴을 마주 보고 얘기를 나눈 것은 아니지만 깊고 진한 부정(父情)이 절실하게 느껴졌다. 아들을 위해서 죽을 수도 있다는 그의 말도 허투루 들리지 않았다.

내 얘기가 끝나자 다니엘은 잠시 아궁이를 뚫어져라 쳐다보더니 갑자기 벌떡 일어나 밖으로 나갔다. 차가운 바람이 쐬고 싶은 모양이었다. 그렇게 5분여가 지났을까, 다니엘이 큰 소리로 나를 불렀다.

"원장님, 나와 보세요. 눈이 내려요. 함박눈이에요."

밖에 나가 보니 온 천지가 순백색이었다. 유난히 눈에 인색한 겨울이었다. 하늘도 땅도 멀리 보이는 산들도 온통 하얀색 천지였다. 어떤 그림이라도 그릴 수 있는 아주 큰 하얀색 캔버스가 펼쳐진 것 같았다.

그로부터 1년 반 정도 지났을까, 다니엘에게서 연락이 왔다. 아버지가 소개해 준 회사에 들어가 체계적으로 일을 배우고 있으며 자신과 맞지 않았던 아내와는 헤어졌고, 새로운 사랑을 만나 결혼 날짜까지 잡았다는 소식이었다. 자신을 끔찍하게 사랑하고 아껴 준다는 예쁜 유치원 교사와 결혼을 한다며 행복하게 웃고 있는 커플 사진도 문자로 보내 줬다.

가만히 사진을 보고 있는데 그 여교사가 왠지 낯이 익었다. 어디선가 본 듯해서 곰곰이 생각하다가 갑자기 웃음이 터져 나왔다. 다니엘이 사포리 시골집에서 자랑삼아 수시로 보여 줬던 일본인 유학생 미치코 사진과 너무 닮았기 때문이었다.

엄마 곁에 가까이 가지 마세요

머리가 아프고 무릎이 불편한 엄마를 모시고 1년 넘게 정기적으로 침 치료를 받을 수 있도록 한 딸이 있었다. 누가 봐도 나이 드신 엄마를 살뜰하게 챙기는 착한 딸이었다. 결혼한 지 15년이 넘는 딸이 친정 엄마를 그렇게나 보살피기는 쉽지 않은 일이었다.

그런데 내 눈에는 엄마와 딸의 관계가 서로에게 의미 있어 보이지 않았다. 더욱이 사포리식 치료를 위해서는 의사와 환자가 가슴과 가슴으로 만나 깊은 교감이 이뤄져야 하는데 이들 모녀는 그저 침을 맞기 위한 방문일 뿐이었다.

어느 날 딸이 홀로 한의원을 찾았다. 얼굴 한쪽이 마비되는 구

혼자 아파하는 사람들

안와사라는 불청객을 만난 것이다. 침 치료에 앞서 그녀와 마주 앉아 차를 마시면서 가벼운 얘기부터 주고받았다. 어느 정도 워밍업이 됐다고 판단한 나는 그동안 적당한 계기가 없어 말하지 못하고 속으로만 품고 있었던 생각을 직설적으로 드러냈다.

"제가 보기에는 '착한 딸 코스프레'를 하는 것 같던데요."

환자에 따라서는 직선으로 빠르게 접근해야 할 경우가 있고, 곡선처럼 에둘러 표현해야 할 때가 있다. 오랜 기간 많은 환자를 접하면서 체득된 직감에 따르면 이 환자는 직선으로 접근해야 했다. 그녀가 무언가 얘기를 하려다가 멈칫하더니 숨을 크게 들이쉬고 내쉬었다. 숨소리가 컸다.

"정말 아름다운 엄마와 딸의 관계는 종속된 상황에서는 나올 수가 없습니다. 서로 성숙해야 합니다. 양쪽 모두 독립적이고 자립적인 관계라야 비로소 아름다운 화음이 일어납니다. 종속적인 관계에서는 울림이 일어날 수 없습니다."

그녀는 잠자코 내 얘기를 들었다. 반박하거나 부정하지도 않았다. 한참을 묵묵히 내 얘기를 듣고 있던 그녀가 입을 열더니 그동안 속에 담고만 있었던 자신의 얘기를 들려줬다.

그녀의 친정은 맛집으로 유명한 음식점을 운영하고 있었다. 식사 시간에는 줄을 서서 기다려야 할 정도로 손님으로 늘 북적대는 곳이었다. 그녀는 삼 남매 중 둘째였는데 집안에서 늘 찬밥

신세였다. 남아선호사상이 워낙 강했던 엄마는 오빠와 남동생만 끔찍하게 위했다. 오로지 남자 형제만 바라보고 정을 쏟아붓는 엄마에게 딸은 관심 밖이었다. 딸의 가슴에 짙게 그늘이 드리워져 가는 것도 알지 못했다. 그래도 그녀는 엄마에 대한 미움과 서러움보다는 사랑받고 싶은 욕구가 더 강했다. 학교에 다니면서도 자청해서 식당에 나가 음식을 나르고 설거지를 하며 바쁜 일손을 도왔다. 힘들게 일한 만큼 엄마가 인정하고 예뻐해 주길 바라는 마음에서였다. 하지만 엄마는 요지부동이었다.

엄마의 가슴에는 오빠와 남동생만으로도 꽉 차 있어 딸이 비집고 들어갈 공간은 없었다. 그럴수록 엄마의 사랑에 대한 갈증도 점점 커졌다. 가정을 꾸린 후에도 남편과 자식보다 엄마가 우선이었다. 남편이 출근하고 아이들이 학교에 가면 식당으로 출근해 엄마 일을 도왔다. 그리고 손이 많이 가는 요리를 평생 해 온 엄마가 이곳저곳 몸이 불편해지자 한의원에 모시고 온 것이었다.

겉으로 보기에는 착하디착한 딸이었지만 실상은 달랐다. 아직까지 주체적으로 자기 삶을 시작해 보지도 못한 상황이니 건강이 좋을 리 없었다. 주부로서 가정 챙기랴 식당 일 도우랴 늘 정신없이 생활하다 보니 무리가 와서 구안와사가 생긴 것이다.

혼자 아파하는 사람들

그녀에게는 구안와사보다 더욱 병질(病質)이 심각한 질환이 있었다. 심한 가려움증을 동반한 피부병으로 오랫동안 고생을 하고 있었다.

결혼 초기부터 온몸에 도톨도톨한 점이 생겼는데 너무 가려워 밤에 제대로 잠을 못 잘 정도였다. 여러 병원을 찾아 진찰을 받고 검사를 해도 발병 원인은 물론이고 정확한 병명조차 알 수 없었다. 의사들은 늘 희귀 질환으로 판명했다. 반점은 온몸으로 퍼져 고통스러운데 마땅한 치료법이나 약도 없었고, 의사들은 그저 가려운 증상을 일시적으로 완화하는 처방만 내릴 뿐이었다.

"증상이 심할 때는 잠이 들어도 가려움이 심해 한두 시간 간격으로 깨서 이곳저곳을 긁다가 다시 자고, 또 깨서 긁고…. 그러기를 여러 차례 하다 보면 동이 트고…. 잠 한 번 푹 자면 원이 없겠다 싶죠."

소매를 걷어붙여 보여 준 그녀의 양팔에는 여전히 얼룩덜룩한 반점과 긁어서 생긴 딱지가 엉켜 있었다. 당장은 구안와사가 급했지만, 이제는 만성질환이 된 피부병도 어떻게든 고쳐야 했다. 피부에 늘 반점이 생기고 딱지가 앉아 한여름에도 반소매를 입지 못했고, 같이 사는 남편에게도 몸을 보이기 부끄러울 정도였으니 여성으로서 상실감도 적지 않았을 터였다.

"제가요, 미국에서는 연구 대상으로 학계에 보고될 뻔했어요."

"예? 그게 무슨 말이에요?"

그녀는 대답 대신 찻잔을 들어 목을 축이고는 잠시 뜸을 들였다. 그러고는 쓸쓸한 미소를 짓더니 마치 무용담처럼 미국에서 겪은 일들을 얘기했다.

그녀의 남편은 이공계 연구원으로 대학에 있었는데, 미국에서 공부할 기회를 얻어 가족 모두가 유학길에 올랐다. 그곳에서 몇 년 생활하는 동안 가려움증이 도지면 현지 병원을 찾았는데 미국 의사들도 처음 접한 피부 질환이라며 놀라워했다. 연구 자료로 활용하고 싶다는 제의도 여러 차례 받았지만 낯선 이국땅에서 외국 의사들의 실험 대상이 될 생각은 없었다. 그래서 모두 거절했다.

경제적인 어려움이 무엇보다 심했지만, 미국에서도 엄마로 인한 심적 고통을 크게 겪어야만 했다. 애초 여유가 있어 아이들까지 동반한 유학길이 아니어서 그녀는 늘 두세 가지의 시간제 일자리를 얻어 생활을 꾸려 나갔다. 남편은 남편대로 하루빨리 공부를 마치는 것이 최선이라고 여겨 철저하게 학업에만 몰두했다. 생계와 아이들은 모두 그녀 몫이었다.

미국 생활이 너무 힘들어 투정도 부리고 싶고, 따뜻한 위로도 그리워 어느 날 한국에 있는 엄마에게 전화를 걸었다. 전화벨이 울리자 식당에서 일하는 아주머니가 전화를 받았다.

"전데요, 잘 지내시죠? 엄마 좀 바꿔 주시겠어요?"

"아! 오랜만이에요. 궁금했는데…. 별일 없는 거죠? 잠시만요."

반가움이 묻어나는 아주머니 목소리를 들으니 저절로 기분이 좋아졌다. 하지만 그녀는 잠시 후 수화기 너머 들려오는 귀에 익은 엄마 목소리에 털썩 주저앉고 말았다.

"에이, 참. 그 애는 왜 전화를 하고 그래? 나 없다고 해."

그녀가 듣지 못하는 줄 알고 말을 한 것 같았다. 온몸이 산산이 부서지는 기분이었다. 날카로운 비수가 순식간에 태평양을 건너 그녀 가슴에 와 꽂히는 것 같았다. 이역만리에 있는 딸이 엄마가 그리워 전화했는데 바쁘다는 핑계로 냉정하게 통화를 거절한 것이다.

그 얘기를 하는 그녀 눈에는 눈물이 그렁그렁했다. 그녀가 받았을 상처와 아픔이 나에게도 전이되는 것 같았다. 바로 이때가 의사와 환자가 가슴과 가슴으로 만나지는 순간이다. 본격적인 치료의 시작점이기도 하다. 나는 잠시 시선을 돌려 진료실 밖 하늘을 바라봤다. 투명한 유리창에 비친 하늘이 그렇게 푸를 수 없었다.

그녀의 아픈 가슴에 치유의 싹을 틔우게 하고 싶었다. 그녀의 피부병은 마음에서 비롯된 것임이 분명해졌다. 어린 시절 가장 의지해야 할 엄마에게 사랑을 받지 못했고, 엄마의 정이 그리워 가까이 다가갈 때마다 차갑게 외면을 받아 생긴 마음의 상처와 설움이 세포를 병들게 하고 피부를 아프게 한 것이다.

"이제부터 당분간 몸이 회복될 때까지는 식당 근처에는 얼씬도 하지 마세요. 그리고 한의원에 매일 오셔서 침을 맞으세요."

'엄마와 분리하는 것'이 급선무였다. 몸과 마음이 회복될 때까지 엄마와 마주치지 않고 떨어져 있는 것이 필요했다. 그래서 '엄마가 있는 식당에는 가지 말라'는 처방을 내렸다. 그녀는 내 처방을 선선히 받아들였다. 당분간 구안와사 치료에 전념하고 싶다는 핑계를 대고는 식당에는 아예 나가지 않았다. 그리고 매일 출근하다시피 사포리를 찾았다.

나는 그녀가 올 때마다 차를 내려 함께 마시며 깊은 대화를 나눴고, 황토방에서 침을 놓았다. 사포리의 따스한 치유의 손길이 갈라지고 부르튼 그녀 내면의 결을 보듬고 어루만져 줬다. 눈물이 많았던 그녀는 사포리에서 '울보'라는 별명을 얻을 만큼 사소한 자극에도 이내 눈이 벌게지면서 눈물을 쏟아 냈다.

그렇게 꾸준히 치료를 받은 지 한 달여가 지나면서 구안와사는 금방 호전됐다. 사포리에 자주 오다 보니 다른 환자들과도 친해져서 함께 수다도 떨고, 식사도 같이하고, 가까운 곳으로 짧은 여행을 다녀오기도 했다. 그들은 서로의 아픔을 이해하고 공감하면서 금세 친해졌고, 친밀도가 높아질수록 그녀가 사포리에서 머무는 시간도 길어졌다. 치료도 치료지만 마치 친구들과 만나 재미있게 놀기 위해 사포리에 오는 것 같았다.

우리는 어린 시절 친구들과 만나 새로운 세계를 접하면서 엄마 품에서 자연스럽게 벗어난다. 그녀에게는 사포리가 그런 친구 역할을 했다. 마치 초등학교에 들어가 또래 친구들과 만나면서 엄마에게서 서서히 분리되는 것처럼, 사포리라는 친구와 친해지면서 제때 분리를 하지 못해 형성된 불안정한 애착에서 점차 벗어나기 시작했다. 그러면서 가슴 깊은 곳에 켜켜이 쌓여 있던 설움의 장막도 조금씩 걷히기 시작했다. 한겨울 꽁꽁 얼어 있던 얼음이 따스한 봄기운을 만나 조금씩 녹아내리듯 깊은 상처가 아물어 갔다.

"원장님, 이상해요. 며칠째 밤에 한 번도 깨지 않고 잠을 잤어요. 피부병이 낫는 것 같아요."

어느 날 그녀가 한의원에 들어서자마자 흥분된 목소리로 말했다. 사포리로 매일 출근 도장을 찍다시피 한 지 3개월 가까이 됐을 때였다. 대뜸 소매를 걷어붙여 팔을 보여 주는데 팔을 뒤덮고 있던 오톨도톨한 반점들이 생기를 잃어 가고 있었다. 참 신기했다.

"세상에…. 그렇게나 오래 나를 괴롭혔던 피부병인데…."

그녀가 울먹울먹하며 말을 잇지 못했다. 발병 원인은 물론이고 병명조차 알지 못했던 피부병이, 우리나라 의사들은 물론이고 미국 의사들도 치료하지 못했던 그 징글징글한 피부병이 소멸하고 있었다. 세포가 활기를 띠고 피부에 새순이 돋아나면서 그녀의 내면에는 생기 있는 에너지가 충만해졌다.

이제 '내면의 어린아이'를 더욱 넓은 세상으로 내보내야 할 차례다. 나는 그녀에게 두 번째 처방을 내렸다.

"혼자서 전남 구례로 여행을 다녀오십시오. 당일치기도 좋고 하루 주무시고 오면 더 좋고요. 단 반드시 혼자 가야 합니다."

구례는 지리산과 섬진강을 만날 수 있는 곳이다. 오래된 옛날 집에서 외할머니를 만나는 듯한 아늑하면서 따뜻한 기운이 느껴지는 곳이 바로 구례다. 엄마 품에서 벗어나 새로운 세계에 발을 디뎌야 할 그녀에게 적합한 여행지였다.

그녀는 기차를 타고 구례구역까지 갔다. 그런데 이상했다. 혼자 가는 여행길이 처음이 아닌데도 유난히 떨렸다. 낯선 미국에서도 혼자 다니면서 무서운 줄 몰랐는데, 이번에는 전날 밤에 잠도 쉽게 오지 않았고, 아침에는 얼마나 긴장했는지 휴대전화도 미처 챙기지 못하고 집에 두고 왔을 정도였다. 엄마라는 경계선을 넘어 최초로 혼자 세상을 만나게 되자 시골 초등학생이 처음으로 서울에 혼자 가는 것처럼 긴장된 것이다.

구례구역에서 내린 그녀는 택시를 타고 화엄사로 향했다. 가는 길에 택시 기사가 그녀에게 말을 걸었다.

"어떻게 혼자서 오셨어요?"

"절 치료해 주시는 한의사 선생님이 있는데, 혼자서 구례로 여행을 다녀오라고 해서요."

"혼자 여행을요? 아! 진정한 자기 자신을 만나게 하려고 그랬나 보네요."

그녀는 순간 깜짝 놀랐다. 평범함 속에 비범함이 있다고 했던가. 오랜 수행을 한 노승과 잠깐 얘기를 나눈 것 같았다. 그때부터 가슴이 안정되고 차분해지기 시작했다.

주차장에서 내린 그녀는 화엄사까지 천천히 걸어 올라갔다. 화엄사 입구까지 도달한 그녀에게 문득 일주문 옆을 흐르는 계곡 물이 눈에 들어왔다. 물은 유난히 빠른 속도로 큰 소리를 내며 흘러가고 있었다. 거침없이 당당한 흐름이었다. 그걸 보고 있자니 갑자기 속에서 울컥하며 뜨거운 감정이 올라왔다.

'저 계곡 물은 한 치의 망설임도 없이 저렇게 당당하게 흘러가는구나. 나는 작은 웅덩이에 갇혀만 지냈는데…'

막힘없이 거세게 내달리고 있는 계곡물과 자신이 살아온 인생이 중첩되면서 눈물이 터져 나왔다. 하염없이 눈물이 흐르고 또 흘렀다. 과거에 대한 후회와 성찰, 그리고 새로운 출발을 다짐하는 의미가 담긴 말 그대로 폭풍 눈물이었다.

구례 여행을 마치고 온 그녀에게 나는 세 번째 처방을 내렸다.

"회사에 들어가 일을 해 보세요, 될 수 있으면 영업직으로요."

엄마가 운영하는 식당으로 다시 돌아가지 말고 6개월이 됐든, 1년이 됐든 사람을 많이 만나는 영업 사원으로 일해 볼 것을 권유했다. 그녀는 이번 처방도 받아들였다.

나는 상조 회사를 운영하는 친구에게 취직을 부탁했다. 환자를 치료하기 위한 것이니 꼭 도와 달라는 요청에 그 친구도 선뜻 승낙했다. 그녀는 상조 회사에 들어가 영업 사원으로 일했다. 처음엔 익숙한 일이 아니어서 어려움도 겪었지만, 이내 적응했다. 남들과 차별화된 진솔하게 다가가는 영업을 했는데, 이게 뜻밖에 잘 통하면서 실적도 좋았다. 그녀는 2년 가까이 영업직으로 일하며 새로운 경험을 쌓았다.

어느 날 그녀에게서 전화가 왔다.

"원장님, 엄마가 운영하시던 식당 제가 맡게 됐어요. 제가 요리한 맛난 음식 대접할 테니 꼭 한번 오세요."

들뜬 분위기와 활력이 느껴지는 목소리였다. 고령에 몸이 많이 불편해진 엄마는 막내아들에게 식당을 물려줬는데, 그에게는 식당 일이 맞지 않았다. 엄마가 맡았던 때와 비교해 매출이 떨어지고 손님 발길도 줄었다. 그래서 식당을 살리기 위해 그녀가 운영을 맡게 된 것이다.

그녀는 자신이 있었다. 엄마에게 배운 요리 비법과 손맛을 그대로 유지하면서 음식 만드는 재료도 아끼지 않았다. 영업직 경험을 살려 친절하고 세심하게 손님을 맞았다.

"손님들이 음식을 맛있게 드시는 것을 보는 것이 그렇게 좋을 수가 없더라고요. 먼 길을 돌아왔지만, 결국엔 제집을 찾아온 것 같아요."

그녀가 환한 미소를 지으며 말했다.

곁에 있어도 그리운 아버지

　　바닷가와 인접한 소도시에서 50대 여성 환자가 사포리를 찾았다. 그녀는 딱히 몸이 불편해서라기보다는, 색다른 방식으로 치료하는 한의사가 있다는 소문을 듣고 궁금해서 찾아왔다고 했다. 잠시 얘기를 나눠 보니, 자신에 대한 얘기를 할 때마다 마치 제3자인 양 다른 사람에 대해 얘기를 하는 것처럼 말을 했다. 전형적인 유체이탈 화법을 쓰고 있었다. 가만히 그녀 몸의 세포에서 느껴지는 파장에 집중해 보니 그 원인을 대충 알 것 같았다. 내면이, 가슴속이 휑하니 비어 있었다.

　　그렇게 비어 있는 가슴으로 여태 살아왔으니 얼마나 힘든 고통의 시간을 견뎌 왔을까. 텅 빈 곳간을 채우듯이 그녀 가슴속

공간을 메우지 않는다면 앞으로의 삶도 어떨지 너무나 자명해 보였다. 하지만 그녀는 적당한 선에서 거리감을 뒀고, 호기심에 이끌린 방문이라는 본래 목적을 이행하는 것에만 충실했다.

아직 사포리식 치유를 받을 준비가 안 된 것이다. 이럴 때는 절대 서둘러서는 안 된다. 사포리에 대한 호기심 단계를 넘어 스스로 마음의 문을 열고 치유에 대한 의지가 생길 때까지 기다려야 한다.

그녀는 사포리 첫 방문 이후 반년 가까이 한 달에 한두 번꼴로 동행자들과 함께 사포리를 찾았다. 사포리가 무척 마음에 든 것 같았다. 그래도 조금 더 탐색 기간이 필요하다고 느꼈는지 한동안 차를 마시고 얘기를 나누기 위한 방문을 이어 갔다. 그러면서 조금씩 조금씩 사포리 분위기에 젖어 갔고, 다른 환자들과 식사도 같이할 만큼 친해졌다. 그렇지만 나는 섣불리 치유를 위한 과정을 진행하지 않았다.

어느 날 그녀가 혼자서 사포리를 찾았다. 눈빛에서 변화의 바람이 읽혔다. 가슴속에 꼭꼭 숨겨 놓았던 자신의 문제를 풀고 싶은 의지가 강하게 느껴졌다. 진료실에서 차를 마시며 오랜 시간 얘기를 나눴다. 비로소 그녀와 제대로 만난 것 같았다. 사포리식 치유의 첫걸음을 뗄 수 있게 된 것이다.

그녀는 여전히 남 말 하듯 말했다. 존재의 중심에 뿌리가 깊게 내리지 못해 자기만의 인생을 살지 못한 사람들이 그런 방식으로 말을 한다. 그녀 인생 어느 시점에선가 실타래가 엉킨 것 같았다. 함께 아주 어린 시절까지 과거 시점으로 시계추를 되돌려 갔다. 나는 그녀의 온몸에서 느껴지는 세포의 파장에 세심하게 주의를 기울여 가며 얘기를 들었다. 그녀 자신도 어긋난 첫 지점이 어디인지 찾고 싶은지 가슴 깊이 간직한 이야기를 풀어 놓았다.

그렇게 시작된 과거로의 회상은 그녀 아버지가 북쪽에 두고 온 가족을 늘 잊지 못했다는 부분까지 이르렀다.

"아버지는 늘 북쪽만을 바라보고 있었어요."

그 얘기를 하는 순간, 뭔가 느껴지는 것이 있었다. 아버지의 따스한 시선이 못내 그리웠던 어린 소녀의 애타는 심정이 고스란히 내 가슴에까지 전해졌다. 아버지의 시선은 북쪽을 향해 있고, 그런 아버지를 쳐다보며 사랑스러운 눈길로 자신을 바라봐 주길 바라는 어린 딸의 모습이 떠올랐다.

아버지와 딸의 어긋난 시선에서 모든 것이 시작됐음을 알 수 있었다. 한 사람이 다른 사람을 쳐다보면 그쪽에서도 이쪽을 마주 봐야 양쪽의 초점이 맞춰진다. 비로소 시선이 일치하는 것이다. 그녀는 아버지와 초점을 맞추지 못하면서 자기만의 시선을 갖지 못했다. 그래서 자기 자신을 제대로 직면하지 못하며 늘 공허하게 살아온 것이다.

혼자 아파하는 사람들

우리는 대부분 지금껏 살아오면서 온전한 '존재'로 인정하고
바라봐 주는 따뜻한 시선을 받지 못했다.
그래서 늘 불안하고 두려움에 갇혀 있는 것이다.
무엇인가를 채우려고 끊임없이 노력하지만
채워지지 않는 데서 오는 허전함과, 텅 비어 있는 곳에
혼자 서 있는 것 같은 외로움에서 벗어나지 못한다.
그런 불안과 두려움, 외로움이 우리의 내면을 차갑게 만든다.

그녀의 아버지는 개성이 고향인데 6·25전쟁 때 남한으로 내려왔다. 북쪽에 부인과 아이들을 두고 혈혈단신으로 내려와 남한에서 자리를 잡았고, 새 장가를 가서 아이 둘을 낳고 살았다. 하지만 미처 데리고 오지 못한 북의 처자식을 잊지 못해 늘 가슴에 품고 살았다. 몸은 남쪽에 있지만, 마음은 북쪽에 있었던 것이다.

그래서인지 북한과 그리 멀지 않은 경기도 양주에 살면서 틈만 나면 멀리 북한 땅을 바라볼 수 있는 임진각을 찾아 하염없이 북쪽을 바라봤다. 가정을 등한시한 것도 아니었고, 가장으로 해야 할 역할도 잘 수행했지만, 남한에서의 그의 삶은 알맹이가 없는 껍데기에 불과했다.

아버지의 눈빛은 항상 공허했다. 어린 시절 관심과 사랑을 받아야 하는 자식들조차 따뜻한 시선으로 품어 주지 못했다. 딸은 그런 아버지와 깊이 만날 수 없었고, 이로 인한 단절감은 상처로 남게 됐다.

그런 남편과 사는 아내도 마찬가지였다. 평생 가슴이 텅 빈 남편과 살았으니 '겉정'은 쌓였을지 몰라도 '속정'은 없었다. 남편에게 사랑을 받지 못한 아내의 휑한 가슴은 자식에게도 영향을 미친다. 그녀의 어머니 역시 자식에게 충분한 사랑을 주지 못했다. 무럭무럭 사랑의 온기를 받고 자라나야 할 중요한 시기에 부모로부터 삶의 자양분을 받지 못한 그녀는 존재의 중심에 뿌리를 굳건히 내릴 수 없었다.

그녀는 외부 조직에서 적응하는 일머리는 탁월했다. 들어가는 직장마다 남다른 기획력과 빠른 일 처리로 곧바로 두각을 나타냈다. 하는 일마다 성과가 좋아 남들이 부러워할 만큼 승진도 빨랐다. 그러나 한곳에 오래 머물지 못했다. 어딜 가더라도 쉽게 안착하지 못해 부유하는 삶을 살았다. 직장도 자주 옮겼고, 이사도 수시로 다녔다.

그러다가 그녀는 아예 아무도 모르는 낯선 곳에서 새롭게 살아 보기로 했다. 아무런 연고도 없는 곳, 자신과 안면이 있는 그 누구도 쉽게 못 오는 곳을 찾아 심기일전해 새로운 삶을 살아 보기로 한 것이다.

적당한 장소를 물색하다가 바다와 인접한 소도시를 선택했다. 그곳에서 낡은 한옥을 얻어 직접 고쳐 가며 억척스럽게 살았다. 영농조합법인과 마을공동체사업 등을 벌여 나갔고, 남다른 수완을 발휘해 수익을 창출하고 조직 규모도 크게 늘려 나갔다. 유난히 텃세가 심하다는 그 소도시에서 외지인이라는 핸디캡을 극복하고 자리도 잡았다. 그러나 허전한 가슴은 여전히 메워지지 않았고, 또다시 그곳을 떠나게 될까 봐 수시로 두려움이 몰려와 견딜 수 없었다. 그러다가 우연히 사포리 얘기를 듣고 나를 찾아오게 된 것이다.

　일주일 후 사포리를 다시 찾은 그녀에게 나는 티베트의 목불 (木佛) 사진을 주고 3개월 동안 틈만 나면 바라볼 것을 주문했다. 그윽한 시선으로 앞을 바라보고 있는 티베트 양식의 나무로 만들어진 부처님 사진이었다. 처음엔 천주교의 성화를 찾았는데 치유 목적에 부합하는 것이 없어 인터넷을 뒤지다가 큰 눈에 시선이 명확한 부처님 사진을 찾아냈다. 사진 속 부처님 눈을 보고 있으면 저절로 초점이 모여진다. 그녀는 내 처방을 선선히 받아들였다.

　그녀는 날마다 시간을 내 사진 속 부처님과 눈을 마주쳤다. 처음엔 자신을 뚫어지게 바라보는 시선에 부담을 느꼈지만 수시로 눈빛을 교환하다 보니 점차 익숙해졌다. 그러더니 어느덧 편안해지기까지 했다. 그러면서 작은 변화가 찾아왔다. 자기 시선이 모이고 뚜렷해지면서 응시하는 힘, 마주 보는 힘이 생기기 시작했다. 그녀는 사진 속 부처님과 마주 보는 시간을 점차 늘려나갔다.

　그렇게 3개월이 지났다. 사포리를 찾은 그녀는 내 눈을 가만히 바라보며 말했다.

　"이제는 사진을 볼 때마다 거울 속의 내 모습을 보는 것 같아요."

자기를 직면할 수 있는 내면의 힘이 비로소 싹튼 것이다. 그러면서 특유의 화법에서도 조금씩 벗어나기 시작했다.

나는 두 번째 처방을 내렸다. 사포리를 자주 찾는 분들과 함께 지리산을 가기로 했는데 여행을 떠나기에 앞서 그녀를 따로 불러 얘기를 했다.

"지리산에 가시면 밤하늘의 별빛과 눈을 맞춰 보세요. 티베트 부처님 눈과 시선을 마주쳤던 방식 그대로 별빛을 응시해 보세요."

지리산은 엄마 품에 안기는 것 같은 아늑함이 있어 환자분들과 함께 자주 찾는 곳이다. 우리는 지리산 왕시루봉 자락에 있는 토굴 같은 오두막인 무향재에서 하룻밤을 묵었다. 무향재는 차를 세워 놓고 40분을 걸어야 도착할 수 있고, 전기가 안 들어와 밤에는 촛불을 켜야 하고 아궁이에 불을 때야 하는 소박하고 원시적인 곳이다. 언젠가 풍수지리학을 공부한 분과 동행한 적이 있었는데 이른바 '학의 둥지형'으로 터 자체에 아늑한 기운이 배어 있는 곳이라고 한다.

해가 떨어지고 어두워져 방에서 촛불을 켜 놓고 있으면 그 따스하고 포근한 분위기에 신비로움까지 더해진다. 밤이 깊어 갈 무렵, 우리는 촛불을 켜 놓고 방 안에서 이런저런 얘기를 나눴다. 그녀가 가만히 자리에서 일어나 밖으로 나갔다. 아마 두 번째 처방을 따르기 위해 움직이는 것 같았다.

그녀는 밖에 나가자마자 별도로 마련된 욕실에서 몸을 씻었다. 촛불을 켜 놓고 시원한 계곡물을 받아 샤워를 하니 너무 신선해 마치 다시 태어난 기분까지 들었다. 그녀는 그 기분을 살려 과감하게 옷도 입지 않고 그대로 마당으로 향했다. 왠지 옷이 거추장스럽게 느껴졌다. 짙게 우거진 신록에서 뿜어져 나오는 생동감이 그녀의 온몸을 휘감았다. 마당에 있는 평상에 누웠다.

'세상에 이보다 더 편안할 수 있을까.'

별빛이 쏟아져 내리는 듯했다. 반짝이는 별들이 하늘에서 자신을 바라보며 따스하게 안아 주는 것 같았다.

'아! 내가 정말 힘들고 어려웠을 때, 아버지와 엄마의 사랑스러운 눈빛을 간절히 원했을 때, 지금처럼 별빛을 느낄 수 있었더라면 얼마나 좋았을까…'

수없이 많은 별들이 자신만을 바라보며 사랑을 보내 주는 것 같았다. 그러다가 돌연 섬광이 스치면서 커다란 자각이 일어났다. 그 순간 자기도 모르게 벌떡 일어났다.

'하늘에 있는 저 많은 별들은 항상 나를 바라보고 있었다'는 것을 깨달은 것이다. 지금까지 단 한 번도 멈추지 않고 그윽한 시선으로 자신을 돌봐 주고 있었던 것이다. 저 높은 하늘에서 늘 따스한 시선을 받아 왔으면서도 그걸 미처 몰라 다른 눈빛을 갈구했던 자신이 바보스럽기까지 했다.

'세상에 태어나서 지금까지 늘 보살핌의 시선을 받아 왔구나. 내가 태어나기 전부터 저 별빛은 있었고, 내가 세상을 떠난 이후에도 저 그윽한 시선은 멈추지 않겠지."

한순간 별빛이 가슴 안으로 확 밀려들어 왔다. 오랫동안 시리고 허했던 가슴이 단번에 꽉 메워지면서 주체할 수 없는 행복감이 몰려왔다. 이 세상에서, 아니 전 우주에서 가장 행복한 부자가 된 것 같았다.

당신은 원래 왕자였습니다

자연과학에 뿌리를 두고 있는 서양의학은 인간에 대해 해부 생리학적으로 접근해서 기계론적인 시각으로 본다. 환자가 느끼는 감정이나 정신적인 측면에 대해서는 큰 관심이 없고, 신체 어디에 문제가 있고, 고장 난 곳은 어디인지를 찾아 제거하는 것이 주된 치료다.

동양의 한의학에서는 기(氣)라는 개념을 기본으로 자연과 인체의 관계가 동등하고, 신체와 정신도 하나라고 인식한다. 치료 과정도 기혈(氣血)생리학적인 관점으로 접근해 기혈의 순환과 흐름을 무엇보다 중시한다.

한의학과 서양의학의 치료 과정이 근본적으로 다른 것은 여러 가지 이유가 있겠지만, 무엇보다 인간을 보는 기본적인 시각과 인식에 차이가 있기 때문이다. 그 출발점이 다른 것이다. 이렇듯 몸이 아픈 원리와 질환을 규정하는 첫 번째 명제가 다른 만큼 거기에서 파생되는 치료 방식과 절차도 자연스럽게 달라질 수밖에 없다.

사포리 한의원에서는 물론 한의학 원리가 적용된 치료가 기본적으로 이루어진다. 하지만 치료의 모든 과정을 관통하는 핵심적인 명제는 따로 있다. 그것은 바로 인간은 신령한 영혼이 깃든 존재라는 것이다. 의사인 내 눈에는 모든 환자가 영적인 존재다. 나는 모든 인간은 영혼이 깃든 존재라는 기본적인 명제에 입각해 환자를 대하고 치료를 한다. 우리 안에 있는 원초적인 생명의 빛을 환자 스스로 느끼게 함으로써 치유에 이르게 하는 것이 곧 내가 하는 치료의 처음과 끝이다.

한의사로서 침을 놓거나 약을 지어 주는 치료도 하지만 기술적인 치료로 머리가 아프고, 허리가 아프고, 속이 아픈 것을 낫게 하는 것은 어찌 보면 부차적이다. 땅속에 있는 씨앗이 봄의 따스한 햇볕을 만나야 비로소 싹이 피어나듯, 사람 또한 자기 안에 내재한 영성과 온전하게 만나 본래의 빛을 회복해야만 진정한 의미의 치료가 이루어진다.

한의원을 찾는 환자들에게 내가 '거지와 왕자'라고 이름을 붙여 자주 들려주는 이야기가 있다.

온종일 왕궁 안에만 머물러 늘 바깥세상이 궁금한 왕자가 있었다. 그는 어느 날 왕궁 밖으로 몰래 외출을 했는데 우연히 자기와 똑 닮은 거지를 발견했다. 외부세계에 호기심이 많던 왕자는 거지에게 자신의 옷을 입혀 왕궁으로 들여보내고 자신은 거지의 옷을 입고 세상 구경에 나섰다. 그렇게 하루가 지나고 이틀, 일주일, 한 달, 두 달…. 왕자는 원없이 사람 사는 모습을 둘러봤다.

시간이 흘러 왕자는 다시 왕궁으로 돌아갔지만 성문에서 바로 경비병에게 제지를 당했다. 몰골이 초라한 웬 거지가 나타나 자신이 왕자라고 주장하고 있으니 경비병이 그냥 두지 않았던 것이다. 왕자는 너무나 답답하고 억울해 계속해서 찾아가 항변했다.

"내가 바로 진짜 왕자다. 왕궁에 있는 저 왕자는 나와 옷을 바꿔 입은 거지다."

하지만 다 해진 누더기를 입은 거지가 왕자라고 주장을 하니 누가 믿겠는가. 그때마다 왕자는 정신이상자 취급을 받고 무참하게 쫓겨났다. 왕자는 눈물을 뚝뚝 흘리며 자신의 과오를 뉘우쳤지만, 상황은 돌이킬 수 없었다.

그렇게 일 년이 지나고 이 년, 오 년, 십 년이 지났다. 어느덧 왕자는 실제로 거지 인생을 살게 되었는데 그 사이 노쇠해진 왕이 죽을 병에 걸려 왕국은 머잖아 가짜 왕자가 물려받게 될 형편이었다. 다행스럽게도 왕국에는 현명하고 눈 밝은 신하가 있어 거지에서 왕자가 된 가짜 왕자의 진면목을 알아보게 되었다. 무려 십 년간 지켜본 그의 눈에, 거지 왕자는 왕자의 얼굴은 하고 있었지만 왕자로서 갖춰야 할 기품은 전혀 없는 사람이었다. 그 신하는 진짜 왕자를 찾아 전국을 돌아다녔다.

결국 그는 진짜 왕자를 찾아냈다. 하지만 너무나 오랜 시간 거지로 살아온 왕자는 자신이 왕자라는 것을 까맣게 잊고 있었다. 신하는 고민 끝에 자신이 거지라고 굳게 믿고 있는 진짜 왕자를 연극 학교에 보내 왕자 역할을 맡겼다. 왕자가 평소 하는 말을 외우게 하고 행동거지도 왕자처럼 하는 연습을 시킨 것이다. 진짜 왕자는 왕자로서의 기품과 위엄을 서서히 회복하기 시작했다. 그러다가 어느 순간 자신이 본래 왕자였음을 깨닫게 되었다.

"아! 내가 거지가 아니고, 원래 왕자였구나."

우리도 거지 왕자처럼 자신의 본래 존재를 잊고 산다. 그래서 왕자가 연극 연습을 통해 본래 자기를 회복한 것처럼 우리에게도 연습이 필요하다. 연극 학교에 들어가 신령한 영혼이라는 배

산들조차 모두 누워 있는 사포리에 오면
누구나 편히 쉴 수 있다.
땅속 씨앗이 봄의 따스한 햇볕을 만나 싹이 트듯,
우리 안에 있는 원래의 빛을 회복하는
진정한 치유가 이루어진다.

역을 맡아 대사를 외우고 연기 연습을 하면서 원래 내 안에 있었던 영성을 회복하는 것이다.

밝고 환한 내면의 존재와 만나지 못하고 사는 것은 캄캄한 어둠 속에서 밤길을 걷는 것에 비유할 수 있다. 앞이 잘 보이지 않는 어둠 속에서는 무언가 모르는 두려움 속에서 누구나 긴장을 하게 된다. 지금 걷고 있는 이 길이 맞는지, 틀리는지도 확신할 수 없다. 그렇게 걷다 보면 어쩔 수 없이 넘어지고 다치게 된다. 병이 생기는 것이다.

그런 의미에서 이곳 한의원은 연극 학교다. 자기 내면의 존재와 만나지 못해 늘 외롭고 불안하고 허전하고 두려움에 갇힌 현대인을 위한 연극 학교 말이다. 연극 학교인 한의원에서 내가 하는 역할은 각 환자에게 맞춤형 대본을 주고 연기 수업을 시켜 한 편의 연극을 무대에 올리는 것이다. 환자의 개별적인 상태에 따라 효과적인 배경음악을 고르고 다양한 무대장치를 마련하는 것도 종합 연출자로서 내가 하는 일이다.

이런 과정을 거쳐 세상에 단 한 편, 자신을 위해 막이 올려진 연극의 무대에 서게 된 환자는 내면의 자신과 만나는 극적인 클라이맥스를 맞게 되고, 이를 통해 아픈 몸이 낫고 건강을 회복하게 되는 것이다. 그리하여 이곳 사포리에서는 매일매일 치유를 테마로 독창적인 연극 무대가 펼쳐진다.

3.
아프지 않았으면
결코 몰랐을 것들

추억 하나로도 살 수 있습니다

"의사 선생님으로부터 간암 말기라는 검진 결과를 통보받는데 그 순간 마음이 그렇게 편안할 수가 없더라고요."

사실상 치료 시기를 놓쳐 어쩌면 사형 선고와도 같은 간암 말기 진단에 오히려 마음이 편해졌다는 40대 중반의 그 남자. 그는 '세상에서 가장 슬픈 환자'였다. 지금도 당시 40대 후반이었던 그 환자만 생각하면 가슴이 아려 온다. 그동안 진료실에서 많은 사람을 접했지만, 그처럼 슬픈 인생을 살아온 환자는 없었다.

그는 어린 시절 공부를 잘해 수재 소리를 들을 정도였다고 한다. 학교 시험을 보면 거의 만점을 받을 정도로 성적이 뛰어났다. 하지만 부모님, 특히 아버지에게는 단 한 번도 잘한다는 칭찬이나 인정을 받지 못했다. 초등학교 시절에 100점을 받은 시험지를 들고 칭찬받고 싶은 기대감에 집까지 한걸음에 달려가 시험지를 보여 줄 때 보통의 아버지라면 "잘했구나. 우리 아들!" 하고 껴안아 주거나 맛있는 과자라도 사 줄 텐데, 이 집은 전혀 달랐다. 그의 아버지는 매번 짧은 헛기침을 하고는 책상 서랍에 100점짜리 시험지를 집어넣을 뿐 아무런 말도 하지 않았다.

'내 아들이라면 100점은 당연한 것 아니냐'는 분위기였다. 그에게 아버지는 모르는 것이 없는 박학다식한 지식인이었고, 일상생활에서도 빈틈이라고는 찾아볼 수 없는 완벽에 가까운 분이었다. 아들에게는 우상과도 같은 존재였다. 그런 아버지에게 칭찬과 인정을 받기 위해 무던히 노력했지만, 아버지의 반응은 매번 한결같았다. 무덤덤한 표정으로 '내 자식이라면 이 정도는 기본 아닌가' 하는 무언의 메시지만 전달 받았을 뿐이었다.

어느 날 그는 학교가 끝나 집에 왔다가 평생 잊지 못할 충격적인 장면을 목격하게 된다. 하늘과도 같았던 아버지가 무릎이 꿇린 채 앉아 있었고, 험상궂게 생긴 어른 두 명이 아버지를 심하게 질책하고 있었다.

아버지는 병원을 운영하고 있었지만 공식적인 면허는 없는 무면허 의료 행위자였다. 그런 사실이 적발되어 보건소의 공무원과 경찰서의 형사들이 찾아온 것이다. 어느 순간 형사가 갑자기 목소리를 높이더니 아버지의 뺨을 세게 때렸다. 그 충격으로 아버지는 옆으로 쓰러졌는데 묘하게도 그 짧은 순간 멀리서 숨죽여 현장을 지켜보고 있던 아들과 눈이 마주쳤다. 아버지는 자식에게만큼은 보이고 싶지 않은 장면이 노출돼 심한 모멸감과 비참함에 고개를 들지 못했고, 아들은 큰 산과 같았던 아버지가 속절없이 당하는 모습에 큰 충격을 받았다. 인권보다 공권력이 우위에 있었던 시절에 일어났던 그 사건은 어린 아들에게 깊은 상처로 남게 됐다.

이후 그는 자신의 우상과도 같았던 아버지에게 모욕을 안긴 형사에 대한 복수를 결심하게 된다. '반드시 힘 있는 검사가 돼서 그 형사를 응징하고 말 거야!' 그렇게 마음속으로 다짐하고 또 다짐하며 이를 악물었다. 자신이 가장 잘 할 수 있는 공부만 열심히 하면 그 못된 형사에게 아버지가 겪은 치욕을 몇 배로 되돌려 줄 수 있을 것 같았다.

그는 미친 듯이 공부를 했고, 서울의 유명 대학 법대에 진학해 사법시험에 도전했다. 그러나 사법시험의 문턱은 높았다. 같이 공부했던 동기생이나 선배, 후배들은 속속 합격의 영광을 안았지만, 그보다 실력으로는 뒤질 게 없었던 그에게 사시의 문은 열리지 않았다. 사시는 실력도 실력이지만 운도 따라 줘야 한다는 얘기가 맞는 것 같았다. 몇 년째 거듭된 낙방에 경제적인 지원은 끊기게 되고, 그는 어쩔 수 없이 입시학원 강사로 나서게 되었다.

그런데 그에게는 강사로서 숨겨진 재능이 있었다. 탁월한 강의 실력을 발휘하며 수강생들을 쥐락펴락했고, 동영상 사이트에 소개되기도 하면서 순식간에 인기 강사로 알려지게 되었다. 그는 한 달에 수천만 원을 벌 정도로 남부럽지 않은 대접을 받았고, 학원 업계에서 유명세를 치르는 등 주변의 부러움을 한몸에 받으며 성공 가도를 달리는 것처럼 보였다.

그러나 애초 목표로 했던 검사의 꿈과는 점점 멀어져 가는 자기 자신을 보면서 심한 자책감에 마음은 한시도 편하지 않았다. 특히 '그 대학 법대에 진학하면 사시 합격은 따 놓은 당상이라는데, 시험에서 연거푸 떨어지더니 고작 학원 강사나 하고 있다'며 영 못마땅해하는 아버지의 냉랭한 시선이 가장 두려웠다. 남들은 스타 강사로 이젠 성공한 인생이라며 치켜세웠지만, 아버지에게 인정을 받지 못하는 삶은 그에게는 아무런 의미가 없었다. 아버지가 겪은 수모를 갚아 주기 위한 검사가 되지 못하는 한 여전히 실패자였기 때문이다.

그는 점점 잠들지 못하는 밤이 많아졌고, 그럴 때마다 소주 한두 병을 비워야 겨우 잠을 청할 수 있었다. 그러는 중에 그의 아버지가 방광암에 걸려 투병 생활을 하게 됐다. 그는 학원 강사를 하며 모아 둔 전 재산을 아버지 치료에 모두 쏟아부었다. 보란 듯이 사시에 합격한 모습을 보여 주지는 못했지만, 아버지가 건강을 회복하면 자신의 노력과 지원을 인정해 줄 것을 기대하며 그동안 벌어들인 돈을 아낌없이 투자한 것이다. 그런 물량 공세와 각별한 노력 덕분에 아버지는 완치 판정을 받았고, 이내 건강을 회복했다.

그런데도 아버지는 변한 게 없었다. '아버지가 암에 걸리면 자식으로서 당연히 그 정도는 해야 하는 것 아니냐'며 그를 대하는 특유의 차가운 시선과 말투는 여전했다. 헛된 기대감에 부풀었던 아들은 가슴속에 깊게 팬 상처만 하나 더 늘었다. 어릴 때부터 아버지의 인정을 갈구하며 어찌 보면 아버지에게 종속된 삶을 살아온 그에게 아버지의 인정을 받는 것 외에 다른 세상은 존재하지 않는 것과 마찬가지였다.

그렇게 되기까지 일차적인 책임은 아버지의 뒤틀린 내면에 있겠지만 아들에게도 책임이 없는 것은 아니다. 정상적인 성장과 발달단계를 거치게 되면 성인이 되어 자식은 부모와의 심리적인 종속 관계에서 대부분 벗어나게 된다. 그러나 그는 아버지에게서 벗어나 자립할 힘을 키우지 못했다. 내면의 상처가 워낙 깊은 탓에 건강하지 못한 아버지와의 관계를 개선하기 위한 노력과 몸부림이 미약했던 것이다.

그의 힘든 인생은 거기서 끝이 아니었다. 아버지가 암을 극복하고 완쾌하자마자 이번엔 그가 간암에 걸리게 되었다. 몸이 불편해 병원을 찾았다가 이상 징후가 발견돼 정밀 검진을 받은 그에게 담당 의사가 간암 말기 판정을 내린 것이다.

사포리 진료실에서 마주 앉은 그는 유명 강사답게 논리 정연하게 자신이 살아온 인생을 술술 풀어냈다. 죽음을 앞두고 있어서일까. 그는 자신이 아닌 다른 사람인 양 관조적으로 얘기했는데, 그 어조가 상당히 냉소적이었다.

"이상하죠. 간암 말기라고 하면 깊은 절망에 빠지거나, 내가 왜 그런 불치의 병에 걸리게 됐는지 길길이 날뛰는 게 일반적일텐데 저는 오히려 마음이 차분하게 가라앉으면서 참 편안해지더라고요."

왜 마음이 편안해졌는지는 그가 직접 말하지 않아도 알 것 같았다. 이미 죽을병에 걸린 자신의 몸으로는 더는 아버지를 위해 무언가를 하지 않아도 되기 때문이었다. 이제는 아버지의 욕구를 충족시키거나 인정을 받기 위해 안간힘을 다해 노력하지 않아도 되는 상황을 맞게 돼 편안해진 것이다.

지금껏 아버지와 제대로 분리를 하지 못해 늘 쫓기는 삶, 힘들

게 노력해야 하는 인생을 살아왔는데 죽을 날만 기다리며 아무
것도 할 수 없게 되면서 비로소 안식을 만난 것이다. 자신을 평
생 채찍질하며 끊임없이 굴려야만 했던 삶의 수레바퀴가 어쩔
수 없이 멈춰야 하는 상황에 직면하면서 평생 자신을 짓눌렀던
아버지에게서 독립하게 된 것이다.

장시간 얘기를 마친 그에게 나는 이왕 사포리까지 왔으니 침
은 맞고 가라며 황토방으로 안내했다. 지인의 소개로 가까운 곳
에 일이 있어 사포리를 찾은 그에게 재방문을 기대하기는 어려
워 보였다.

그가 침을 맞기 위해 황토방에 자리를 잡고 누웠다. 나는 여느
환자와 마찬가지로 기도하기 위해 먼저 그의 발을 잡고 가만히
눈을 감았다. 그의 온몸에서 수없이 많은 상처와 아픔의 파장이
느껴졌다. 일반적으로 상처가 생기면 피가 나고 고름이 흐르면
서 다시 회복하는 과정을 밟는데, 그의 몸과 마음은 그런 과정을
수없이 되풀이하면서 해질 대로 해져 너덜너덜해진 낡은 천 같
았다.

아버지에게 그저 "애썼다!"는 말 한마디만 들었어도 이렇게
온몸의 세포들이 난도질 당한 것처럼 처참하지는 않았을 것이
다. 나는 속으로 그가 그토록 간절하게 아버지에게 듣고 싶었던
말을 해 줬다.

"우리 아들, 그동안 참 애 많이 썼다. 정말 고생했다. 고맙구나, 내 아들아! 이젠 괜찮다. 다 괜찮다…."

나는 20여 분 동안 온 정성을 다해 그의 온몸 세포 하나하나에까지 그 말들을 전달했다. 그리고 그의 몸에 침을 놨다.

한참이 지나 그가 황토방에서 나왔는데 침을 맞기 전과 확연하게 달라져 있었다. 나는 그에게 차를 한잔 더 하고 가라며 불렀고, 그도 흔쾌히 자리에 앉았다. 우리는 다시 주거니 받거니 얘기를 나눴다. 그는 아까는 어두운 얘기만 한 것 같다며 자신의 인생에서 행복했던 순간도 있었다며 들려주고 싶다고 했다.

사람은 몸의 에너지 변화에 따라 생각도 달라진다. 마냥 어둠에 잠겨 있을 때는 부정적인 생각만 나지만, 밝고 환한 에너지를 느끼면 밝고 긍정적인 생각을 하게 된다. 사람의 의식도 생각도 다 몸의 에너지와 기운에 좌우된다.

그는 대학 시절 클래식 음악 감상실에서 잠시 아르바이트로 일한 적이 있었는데, 원래 출근 시간보다 늘 2시간 정도 일찍 나와 해야 할 청소를 다 해 놓고 자신만의 시간을 가졌다고 한다.

진공관 앰프 스위치를 켜 예열을 하고 자신이 좋아하는 클래식 음반을 꺼내 정성스럽게 먼지를 닦고, 턴테이블에 올려놓는다. 그리고 소파에 앉아 세상에서 가장 편안한 자세로 눈을 감은 채 음악을 들었는데 그 순간이 여태껏 살아오면서 가장 행복했

혼자 아파하는 사람들

다는 것이다.

나는 그 얘기를 듣자마자 자리에서 일어나 그가 좋아할 만한 클래식 음반을 찾아 틀었다. 오디오에서 클래식 연주가 흘러나오자 그는 나를 보며 빙긋 웃었다. 그날 오랜 시간 진료실에서 많은 얘기를 하는 동안 그가 웃는 표정을 지어 보인 것은 그때가 처음이었다. 그는 마치 그 시절로 다시 돌아간 것처럼 지그시 눈을 감았다.

잠시 후 그의 얼굴에 온통 행복감이 넘쳐흘렀다.

숨, 이젠 내쉬어야 합니다

외부 공기가 차단돼 밀폐된 실내에서 숨을 제대로 쉬지 못하는 환자가 있다. 서양 의학적인 치료는 곧바로 인공호흡기를 이용해 환자가 숨을 쉴 수 있도록 한다. 직접적이고 분명한 치료다. 한의학적인 치료는 이와는 사뭇 다르다. 먼저 환자가 숨을 쉬지 못하는 원인이 무엇인지 살핀다. 환경적인 요인에서 비롯됐음을 파악하고 신선한 외부 공기가 실내로 유입될 수 있도록 창문을 활짝 연다. 특별한 비법이나 대단한 의료 기기를 쓰지 않는데, 환자가 숨쉬기는 훨씬 더 편하다.

동·서양의학의 차이를 극명하게 보여 주는 이 얘기는 '현대 한의학의 아버지'라는 평가를 받는 조헌영 선생이 쓴 『통속한의학원론』에 나온다. 조헌영 선생은 청록파 시인인 조지훈의 아버지다. 그가 1934년에 쓴 이 책은 한의학 분야에서 명저로 꼽힌다. 새내기 한의대생 시절, 이 대목을 처음 접했는데 의미심장하게 다가왔다. 굳이 인위적인 방식을 동원하지 않고도 얼마든지 자연스럽게 치료할 수 있다는 점에서 나중에 실제로 환자를 치료할 때 이 같은 원리를 적용해야겠다는 의지를 다지고 또 다졌던 기억이 난다.

강원도에서 온 50대 여성 환자가 사포리를 찾았다. 전에 사포리에서 치료를 받았던 분의 소개를 받아 매스컴에 소개된 내 기사까지 챙겨 보고 먼 길을 달려온 환자였다. 그녀는 체구는 작지만 단단해 보였고, 3시간 이상 운전을 하고 왔음에도 피곤한 기색도 없었다. 무엇보다도 반드시 치료를 받아 아픈 몸을 낫게 하겠다는 결연함이 느껴졌다.

그녀는 작정한 듯 아픈 증상에 대해 자세하게 설명했다. 종합병원에서 검진을 받았는데 뇌혈관 일부가 좁아져 뇌경색 발생 우려가 크다는 진단을 받았고, 조금만 무리해서 일을 하면 혈압이 올라 두통을 심하게 앓는다고 했다. 진맥을 하고 이것저것 물어보며 꼼꼼하게 진찰을 해 보니 아픈 증상이 나타나게 된 원인이 윤곽을 드러냈다.

머리에 과도한 압력이 가해져 혈압이 올라가고 뇌혈관에까지 문제가 생긴 것이다. 손에 힘을 줘 주먹을 꽉 쥐고 있는 것처럼 늘 머리에 거센 압력을 가하고 있는 것이다. 물론 모든 뇌경색 환자와 고혈압 증상이 있는 사람이 이런 이유에서 비롯된 것은 아니다. 환자마다 발병 원인은 제각각이다. 그렇다면 이 환자는 왜 자신이 감당하기 힘든 수준의 압력을 머리에 주며 살아온 것일까. 그 원인까지 찾아내야 근본적인 치료가 가능하다.

차를 그녀의 잔에 따라 주며 차근차근 얘기를 더 나눠 봤다. 그녀는 사포리에서 이뤄지는 치료 방식에 대해 사전에 충분한 정보가 있었고, 멀리 강원도에서 찾아올 만큼 치료에 대한 간절함도 커서 마음을 열고 솔직하게 진찰에 응했다.

그녀는 한마디로 '일 중독자'였다. 일을 통해서 자신의 존재 가치를 증명하고 인정을 받고 싶은 욕구가 의식 깊은 곳에 묵직하게 자리하고 있었다. 그래서 늘 과도하게 일에 몰두했고, 자신이 가진 기본적인 체력과 기운의 한계를 넘어설 정도로 이를 악물고 안간힘을 써 가며 살아온 것이다.

그녀가 일을 통해서 삶의 의미를 찾게 된 배경에는 학력에 대한 콤플렉스가 자리하고 있었다. 넉넉하지 않은 가정 형편 때문에 공부를 잘하는 딸은 제쳐 놓고 아들만 상급 학교에 진학시켜, 부모의 강권에 따라 어쩔 수 없이 학업을 포기해야만 했던 딸의 가슴에는 평생 가도 지워지지 않는 멍울이 남게 되었다. 성취 욕구도 남달리 강했고 성적도 우수했지만, 어려운 집안 사정으로 진학을 못 하게 된 현실이 그녀 내면에 큰 상처가 됐다. 물론 또래에 비해 늦기는 했지만 주경야독을 통해 전문대를 졸업했고, 공무원 시험까지 패스해 공직에 몸을 담았지만 한창 민감한 시기에 꺾여 버린 자존심은 쉽게 회복되지 않았다.

그래서 이를 만회하기 위한 반대급부로 무슨 일이든 열심히 해서 뛰어난 성과물을 보여 주는 방식으로 자신의 존재감을 부각하고 남들에게 인정을 받으며 살아왔다. 공직에 있는 동안 남들보다 2~3배 많은 업무량을 소화하면서도 똑소리가 날 만큼 매끈한 일 처리로 어느 부서에 가나 늘 '일 잘하는 사람'으로 평가를 받았다.

아이들이 대학 진학을 앞둔 수험생이 되면서 과감하게 조기 퇴직을 하고 자식 뒷바라지에 전념하면서도 일을 손에서 놓지는 않았다. 봄이면 쑥을 대량으로 캐서 쑥떡을 만들어 주변에 돌리고 계절별로 효소를 만들어 여기저기 나눠 주는 등 '일이 곧 삶'인 생활 방식에는 변함이 없었다.

그녀는 어쩌면 지금껏 살아오면서 '일' 외에는 다른 삶을 만나지 못했다고 할 수 있다. 삶의 다양성을 체험하지 못했고, 열린 세계를 만나지 못했다. 오로지 일의 성취를 통해 존재의 의미를 찾았던 개미의 인생을 살아왔기 때문이다. 춤을 추고 노래하고 흥겹게 노는 베짱이의 삶은 경험해 보지 못했다. 자유로움을 느끼고 낭만에 빠져 보고 예술에 심취하고 문화적인 경험을 쌓아야 할 인생의 황금기에 철저하게 일에 갇혀 지낸 것이다.

진찰을 마친 나는 그녀에게 '숨 내쉬기'를 처방으로 내렸다.

"들이마시는 숨은 아예 신경을 쓰지 말고 내쉬는 숨에만 집중하세요. 숨을 내쉴 때마다 마음속으로 하나, 둘, 셋, 넷까지 세어 가며 숨을 내쉬면 됩니다. 코로 숨을 내쉬든, 입으로 내뱉든지 편한 대로 하세요."

나는 먼저 천천히 숨을 내쉬면서 손가락으로 숫자를 세는 시범을 보여 줬고, 그녀는 쉽게 따라 했다.

"댁에 돌아가시면 앉지 마시고 편안하게 누워 숨 내쉬기를 하세요. 그리고 될 수 있으면 몸을 움직이는 일은 하지 마세요. 몸도 푹 쉬게 해야 합니다."

그녀에게 숨 내쉬기를 처방한 이유는 숨을 내쉬어야 머릿속의 과도한 압력이 낮아지기 때문이다. 고무풍선이 터지는 것을 막기 위해서는 안에 있는 공기를 밖으로 빼내야 하는 것과 같은 이치다. 내쉬는 숨을 통해 뇌압을 낮추는 것이다.

숨 내쉬기는 불면증으로 밤에 잠을 쉽게 못 이루는 경우에도 효과를 볼 수 있다. 숨을 내쉬면 내적인 긴장 상태가 풀어지고 이완이 되기 때문이다. 많은 사람들 앞에서 중요한 발표를 하거나 면접장에서 자기 순서를 기다릴 때 등 극도로 긴장되는 상황에서도 천천히 숨 내쉬기를 하면 많은 도움이 된다.

숨 내쉬기는 사포리의 중요한 치료법 중 하나다. 우리는 알게 모르게 몸과 마음에 힘을 주며 살아간다. 손에 쥘 수 있는 것, 들어오는 것만 의미 있게 여기며 타인의 관심이나 인정, 명예 등 얻거나 쌓는 것만 중요하게 생각한다.

자연에서는 들어오고 나가는 것이 물 흐르듯 술술 막힘없이 이루어진다. 그런데 우리는 들어오는 것에만 신경을 쓰면서 되레 숨을 더 크게, 세게 들이마시라고 한다. 반대로 나가는 것은 인위적으로 막는다. 그것도 전력을 다해 막는다. 자연적인 조화가 깨지는 것이다. 한때 유행했던 '시크릿' 현상처럼 무조건 끌어당기는 것만이 능사가 아니다. 좋은 기운, 긍정적인 에너지, 활력을 얻기 위해서는 먼저 비워야 한다. 들어오면 나가고, 들이마시면 내쉬어야 한다. 그것이 곧 자연적인 흐름, 우주의 리듬이다.

열흘 후 그녀가 다시 사포리를 찾았다. 한눈에 변화가 일어나고 있다는 것을 알 수 있었다. 환자를 많이 접하다 보면 진료실에 들어서는 모습만 보고도 느낌이 온다.

"좀 어떠세요?"

©황호신

자연에서는 들어오고 나가는 것이 물 흐르듯
술술 막힘없이 이루어진다. 그런데 우리는 들어오는 것에만
신경을 쓰면서 되레 숨을 더 크게, 세게 들이마시라고 한다.
반대로 나가는 것은 전력을 다해 막는다.
좋은 기운, 긍정적인 에너지, 활력을 얻기 위해서는
먼저 비워야 한다.
들어오면 나가고, 들이마시면 내쉬어야 한다.

"머리 아픈 것이 많이 좋아졌어요. 병원에 갔는데 혈압이 많이 내려갔다고 하대요."

다소 흥분된 강원도 억양에서 증상이 호전돼 기뻐하는 마음이 전해졌다. 숨 내쉬기를 하면서 꽉 채워졌던 머릿속 압력이 조금 느슨해진 것 같았다. 얘기를 들어 보니 효과를 보지 않을 수 없었던 것이 돌아가자마자 방에 누워 말 그대로 온종일 숨 내쉬기를 했다는 것이다. 남편에게는 '숨 내쉬기를 해야 내가 살 수 있으니 방해하지 말라'고 당부를 하고 이른 아침부터 시작해 늦은 밤까지 숨 내쉬기에만 집중했다.

일이 없으면 못 살 정도로 억척스럽게 일을 했던 삶의 방식이 치료 과정에도 그대로 적용된 것이다. 심지어 휴가를 낸 딸이 제주도로 같이 놀러 가자고 권유해도 '숨 내쉬기를 해야 한다'며 거절했다는 얘기를 무용담처럼 자랑스럽게 털어놓기도 했다. 지금껏 많은 환자에게 숨 내쉬기 처방을 내렸지만 이렇게 온 힘을 다한 경우는 없었다.

"이제부터는 숨 내쉬기를 하시다가 조금 지루하다 싶으면 밖에 나가서 바람도 쐬시고, 천천히 걷기도 하세요. 그리고 다시 들어와서 하세요."

숨 내쉬기도 완급 조절이 필요할 것 같아 걷기와 병행할 것을 주문했다. 이후 그녀는 대략 열흘 간격으로 사포리를 찾았고, 석

달 가까이 되면서 혈압이 정상 수치로 내려갔다. 팽팽하게 조여졌던 머릿속 긴장도 느슨해졌다. 표정도 한결 부드러워졌고, 웃음기도 부쩍 많아졌다. 무엇보다 혈압이 안정되면서 두통에 대한 걱정이 사라진 것을 가장 만족스러워했다. 숨 내쉬기를 통해 본래의 자연스러움이 회복된 것이다.

죽음과 이별하는 법

"제가 지금 오십 대 중반인데요… 이렇게 오래 살 줄은 몰랐습니다."

처음 사포리에 왔을 때 그녀는 화사한 외모에 구김살 없이 순탄한 인생을 살아온 것처럼 보였다. 하지만 얘기를 듣다 보니 말 그대로 '살아온 날이 기적'이었다.

그녀는 어린 시절 쉽게 치료가 안 되는 신장병에 걸려 지금껏 위험한 고비를 수없이 넘기며 살아왔다. 일주일에 한 번씩, 때로는 한 달에 한 번씩 정기적인 검사를 받아야 했고, 검사 수치가 나쁘게 나올 경우 최악의 상황을 맞을 수 있어 늘 조마조마하며 살아왔다. 검사 결과를 확인하러 병원에 가는 길이 마치 사형선

고를 받으러 가는 것 같았다고 한다.

그녀가 신장병에 걸린 것은 초등학교 6학년 때였다. 본래 모습을 알아보기 힘들 만큼 얼굴이 퉁퉁 부어 병원에서 오랫동안 입원 치료를 받았는데, 담당 의사가 조심스러운 어조로 "얘, 너는 죽는다는 게 뭔지 아니?"라고 말한 것을 아직도 생생하게 기억하고 있었다. 의사가 어린 환자에게 죽음을 언급한 것은 명백한 잘못이지만, 그녀에게는 병세의 심각성을 일깨워 줘 어떻게든지 살기 위해 몸부림을 치게 하는 강력한 자극이 되었다.

그때부터 그녀는 죽음에 대해 진지하게 생각하기 시작했다. 영화나 책에서 본, 사람이 죽어 땅속에 묻히는 장면이 떠올랐다. 빛이 들어오지 않는 캄캄한 땅속은 너무 답답할 것 같았다. 그녀는 죽고 싶지 않아서 엄마가 해 주는 무염식을 불평 없이 꼬박꼬박 먹었다. 어른 환자가 먹기도 쉽지 않은 간이 전혀 안 된 무염식을, 달고 고소한 것만을 찾게 되어 있는 어린아이가 먹는다는 게 쉽지 않았지만, 죽는 것은 더욱 싫어 그녀는 '무염식을 잘하는 아이'로 살아야 했다.

의사의 말은 무조건 따랐고, 약도 거르지 않았다. 그렇게 2년이 지나자 검은색 피오줌은 더는 나오지 않았다. 끼니마다 가족의 식사 준비를 하면서 별도로 무염식을 만들어 딸을 보살핀 엄마의 지극한 정성으로 최악의 상황은 가까스로 넘긴 것이다.

112

그런 상황에서도 그녀는 중·고교를 졸업하고 대학까지 마쳤다. 비록 결석을 밥 먹듯이 하긴 했지만, 대학까지 교육과정을 마친 것은 그야말로 기적과 같은 일이었다. 부모님의 헌신적인 도움과 사랑 없이는 불가능했을 것이다. 그녀의 처지를 잘 이해하고 기꺼이 감수하겠다는 남자를 만나 결혼도 했다. 하루하루 살아갈 수 있다는 것만도 감지덕지한데, 자신을 아끼고 사랑해 주는 남편까지 만나 감사하고 행복한 마음으로 살았다.

사랑의 결실로 아이도 임신했다. 담당 의사는 그녀의 몸 상태를 고려할 때 임신은 절대로 안 된다며 극구 반대했지만, 아기를 갖고 싶어 그대로 밀어붙였다. 그런데 신기하게도 아이가 배 속에 있는 동안에는 신장 상태가 양호했다. 아니 그 어느 때보다 건강했다. 담당 의사도 놀랄 정도였다. 그리고 성공적으로 아이를 출산했다. 아마도 이때가 그녀 인생에서 가장 환한 빛이 켜졌던 시기였을 것이다. 그녀는 자신의 몸이 아픈 것이 어쩌면 지금의 남편을 만나기 위한 과정이 아니었나 생각할 정도로 행복한 나날을 보냈다.

그러나 아이가 자라고 많은 시간이 흐르면서 철옹성 같았던 부부의 금실에도 금이 가기 시작했다. 둘 사이에 많은 일이 벌어졌고, 결국 부부는 남으로 갈라섰다.

진찰을 해 보니 역시나 어린 시절부터 앓아 온 신장병이 가장 큰 문제였다. 증세의 경중에만 차이가 있을 뿐 오랫동안 그녀를 괴롭힌 주범이었다. 하지만 신장병 못지않게 중요하게 치료해야 할 것이 또 있었다.

그녀는 여태껏 '일반인'이 아닌 '환자'로만 살아왔다. 어찌 보면 병실에서 인생을 보냈다고 할 수 있다. 늘 죽음을 염두에 두고 살아야 했던 만큼 미래를 준비하고 설계하며 장기적인 계획을 세운다는 것은 상상도 하지 못했고, 어떻게든지 살아남는 것이 최우선 과제였다. 한마디로 꿈이 없는 인생이었다. 온몸의 세포는 지칠 대로 지쳐 있었고, 남편과 헤어지는 과정에서 입은 내상이 회복되지 않아, 수면제 없이는 밤에 잠을 못 이룰 정도로 머릿속도 복잡한 상태였다.

"일주일에 적어도 두 번 이상은 사포리에 와서 침 치료를 받으세요. 그리고 매주 월요일 저녁 열리는 명상 모임에도 될 수 있으면 참석하시고요."

나는 그녀에게 당분간 집중적인 치료를 받아 볼 것을 권하면서 한 가지를 더 주문했다.

"사포리에서는 수시로 환자분들과 함께 치유 여행을 떠납니다. 여행을 통해서 새로운 경험도 하고 내면 깊숙이 숨어 있는 치유의 에너지를 깨어나게 할 수 있습니다. 여행에도 되도록 참여해 보세요."

어린 시절부터 지금껏 환자로서만 살아온 그녀는 의사 말이라면 순순히 잘 따랐다. 매주 적어도 두 번은 사포리를 찾아 치료를 받았다. 몸과 마음의 '조화로움'을 회복하기 위해 침 치료를 받았고, 명상 모임을 통해 '이완'을 배웠다. 그녀의 집에서 사포리까지 차로 두 시간 가까이 걸리지만, 매번 올 때마다 행복해했다.

어느 날 다른 환자들과 저녁 식사를 같이하고 '활주로'를 걸을 때였다. '활주로'는 내가 이름을 붙인 계룡산 주변의 넓고 반듯한 산책길로, 저녁 시간에 걷다 보면 하늘의 달빛과 별빛을 고스란히 받을 수 있어 환자들과 즐겨 찾는 곳이다. 모두가 활주로를 걸으며 야외에서 느끼는 자유로움과 걷는 즐거움에 빠져드는데, 그녀가 연신 감탄사를 쏟아 냈다.

"아! 하늘과 맞닿아 있는 듯한 느낌이 들어요. 정말 좋다! 참 좋다!"

그렇게 한참을 걷던 그녀가 내 곁으로 오더니 다소 흥분한 목소리로 말했다.

"원장님! 숨이 쉬어져요, 숨이요! 이상하죠. 너무 편안해요."

멀쩡히 호흡하고 있으니 분명히 숨을 쉬고 있을 텐데, '숨이 쉬어진다'고 표현하는 것을 보니 가슴속이 뻥 뚫리는 듯한 느낌을 받은 것 같았다.

그녀는 치유 여행을 갔을 때도 남다른 감응을 보였다. 지리산과 섬진강을 거쳐 경남 남해로 이어지는 1박 2일 일정의 단체 여행을 떠났을 때였다. 여행 둘째 날 남해 송정해수욕장에서 맨발로 바닷가를 온종일 어슬렁어슬렁 거닐던 그녀는, 늦은 오후 일몰을 바라보다 가슴속에서 뭔가 '뭉클함'이 쑥 올라오면서 새로운 에너지가 샘솟는 경험을 하게 됐다. 그러면서 가슴이 벅차오르더니 새벽 공기처럼 청량한 에너지가 온몸을 휘감아 한동안 어찌할 바를 몰라 눈을 감고 가만히 있어야 했을 정도였다.

남해의 바다는 천 년 전 아니 만 년 전의 바다를 보는 듯한 묘한 시간성이 느껴진다. 가늠할 수 없는 아득히 먼 태곳적부터 그대로 존재해 온 것과 같은 풍경을 자아낸다. 그 원초적인 자연과 아득한 시간에 가슴이 먹먹해지면서 강력한 치유 에너지가 발산된다. 그래서 반나절 정도만 바닷가에 머물러도 자신도 모르게 가슴이 열리고 치유의 기운에 흠뻑 적셔진다.

10명이 넘는 인원이 3박 4일 일정으로 떠난 제주도 여행에서도 마찬가지였다. 그곳에서 우리는 자연 그대로의 원시림이 우거진 동백동산의 아름다운 숲길을 걸었고, 열대 북방 한계 식물과 한대 남방 한계 식물이 공존하는 곶자왈을 찾아 독특한 숲의 향기에 취하기도 했다. 제주 오름의 여왕으로 꼽히며 달처럼 둥글다고 해서 월랑봉으로도 불리는 다랑쉬오름도 올랐다. 안개

혼자 아파하는 사람들

비가 내려 신비로운 분위기가 느껴지는 다랑쉬오름 정상에서 맞이한 정취는 남달랐다. 제주도를 사랑한 사진작가로 루게릭병에 걸려 생을 마감한 고(故) 김영갑의 자취를 쫓기도 했다.

제주 여행의 백미는 여행 마지막 날 그녀가 펼친 퍼포먼스였다. 차량 3대로 나눠 타고 서귀포에서 제주항으로 이동하는 중이었다. 갑자기 맨 뒤에 있던 차가 속도를 내 앞차를 연이어 추월하더니 선두에 섰다. 차의 선루프가 열리는가 싶더니 그녀가 모습을 드러냈다. 그녀는 우리를 보고 살짝 미소를 머금고는 목에 두르고 있던 보라색 스카프를 풀러 허공에 대고 마구 휘둘렀다. '소리 없는 아우성'처럼 말이다. 파란 하늘을 배경으로 펄럭이는 보라색 깃발은 쪽빛 바다 곁을 지나는 해변 도로 위에 깊은 인상을 남겼다. 보라색 스카프와 함께 제주도의 바람에 몸을 맡겨 춤을 추는 그녀는 자유로운 영혼 그 자체였다.

그녀가 사포리에서 치료를 받기 시작한 지 3개월이 조금 지나 신장 검사를 받았는데 거의 정상 수치에 가까울 만큼 빠른 회복을 보였다. 아픈 몸의 세포들은 행복감을 느끼면 저절로 치유된다. 그녀는 사포리를 놀이터처럼 여겨 즐겁게 치료를 받았고, 자유로운 여행, 행복한 여행, 신나는 여행을 통해 온몸의 세포가 확 열렸다.

"제가 사포리를 다니면서 없어진 것이 참 많아요. 늘 불안해하는 감정과 과거에 대한 미련이 어딘가로 사라졌어요. 밤마다 잠을 못 이뤄 수면제와 와인을 같이 먹는 습관도 없어졌고요. 웃을 때 입으로만 웃고, 눈은 웃지 못했던 버릇도 멀리 가 버렸어요. 그리고 40년이 넘게 제 옆에 딱 붙어 있었던 신장병이 아주 멀리 떠났어요."

사포리에서 치료를 받은 지 반년이 지났을 때 그녀가 한 말이었다.

진짜 엄마는 따로 있습니다

아무리 건강한 사람이라 하더라도 살다 보면 병원 신세를 지지 않을 수는 없다. 사람마다 편차는 있지만 가끔은 몸이 불편해 병원을 찾아 치료를 받는 것이 일반적이다. 그런데 40년 넘게 병원과는 거의 담을 쌓고 지냈다는 사람을 만난 적이 있다. 직장 생활을 하면서 의무적으로 받아야 하는 건강검진과 이가 상해 치과에 간 것을 제외하고는 몸이 아파서 병원 문을 열고 들어간 적이 단 한 번도 없었다는 것이다.

그녀는 한의원에 온 것도 처음이라고 했다. 그것도 치료를 받기 위한 것이 아니라 사포리의 치료 방식이 궁금해서 방문한 것이었다. 그녀는 심리 상담 분야에서 일하고 있었는데 사포리에서 이뤄지고 있는 치료 작업이 상담과 연관성이 있을 것 같아 호기심 차원에서 온 것이었다.

그녀와 차를 마시며 얘기를 나누고 관찰을 해 보니 지금껏 병원 치료를 받지 않고 살아온 것이 의아할 정도로 심각한 상태였다. 몸 전체에서 생기가 원활하게 돌지 않았고, 기운도 축 처져 있었다. 무엇보다도 새로운 기운과 에너지를 생성해서 몸 전체로 공급하는 시스템이 원활하게 작동하지 않고 있었다. 그래서인지 몸 안에서 이미 적색경보가 울리고 있는 곳도 감지되었다. 그동안 건강해서 병원에 가지 않은 것이 아니라 자기 몸을, 자기 자신을 제대로 돌보지 않은 것이다.

그렇다면 왜 자신을 돌보지 않았던 것일까. 얘기를 좀 더 나눠 보니 그 의문은 쉽게 풀렸다. 그녀가 먼저 나에게 답을 알려 줬다. 심리 상담 분야 종사자답게 그녀는 자신의 문제가 어디에서 비롯됐는지 명확하게 알고 있었다. 어린 시절 엄마에게 받은 상처가 어른이 된 현재까지 그녀 삶을 지배하고 있었던 것이다.

그녀는 어린 시절 엄마에게 죽임을 당할 뻔했다고 한다. 그녀가 아기였을 때 숨을 못 쉬도록 엎어 놓은 적이 있었던 것이다. 일시적으로 착란 증세를 보인 엄마의 돌발 행위로 죽을 고비에 처했던 그녀는 다행스럽게 큰 탈이 없이 그 위기를 넘겼다. 문제는 그 이후였다.

"이년아, 너 죽으라고 엎어 놨는데 살아나서….'

그녀가 자라면서 귀에 못이 박히도록 들은 말이다. 엄마는 사는 것이 힘들어 짜증이 나거나 화가 나면 그녀에게 잔인한 말로 분풀이를 했다. 어린 딸의 가슴에 대못을 박은 것이다. 엄마에게서 그런 말을 수없이 들으며 자란 딸의 심정은 어땠을까 쉽게 짐작이 갈 것이다. 육체는 살아 있었지만 그 내면은, 정신은 이미 죽은 것과 다름없었다.

그렇게 어둠 속에 묻혀 버린 어린 영혼에 '나'라는 존재와 '나'라는 자의식이 제대로 형성될 리 없었다. 그녀가 스스로 자기를 돌볼 줄 모르게 된 이유이다. 어린 시절 부모에게 보살핌을 충분하게 받은 아이는 성인이 돼서도 스스로 자기 자신을 잘 챙기고 돌본다. 그러나 돌봄을 받아 보지 못한 아이는 어른이 돼서도 자기를 돌볼 줄 모른다.

그녀가 심리 상담 분야에서 일하게 된 것도 자신의 아픔과 상처를 극복해 보기 위한 자구책이었을 것이다. 여러 명이 함께하는 집단 상담에 참여해 보고, 개인 상담도 받아 보고, 다양한 방식의 치유 프로그램도 경험했지만 어릴 적 상처로 뚫려 버린 휑한 가슴을 채워 주지는 못했다. 마주 앉은 그녀 몸에서 느껴지는 파장으로는 몸과 마음의 상태가 더는 내려갈 곳이 없는 바닥이었고, 다시 치고 올라가는 계기를 마련할 만한 내적인 힘과 기운

우리는 대부분 한 개체로서 '성장'은 하지만
'성숙함'에는 이르지 못한다. 어린아이의 작은 가슴으로는
광대무변한 세상을 담을 수 없다. 작은 그릇에는
작은 양만 담길 뿐이다. 작은 그릇으로 바닷물을 쉬지 않고
나른다고 해도 얼마나 퍼 나르겠는가.
지혜로운 자는 그릇을 버리고 아예 바다에 몸을 던진다.
바다와 하나가 되는 것이다.

도 없는 것 같았다.

치료를 위해 사포리를 찾은 것은 아니지만, 나는 그녀의 아픔과 괴로움을 덜어 주고 싶었다. 하지만 내면에서 이미 사망 선고가 내려진 그녀에게 약이 무슨 의미가 있을 것이며, 침을 놓는다한들 차도가 있을까 싶었다. 나는 이야기 하나를 떠올렸다. 그녀의 기존 인식과 관념, 사고 체계를 뒤흔들어 내적인 각성을 불러일으킬 수 있는 단초가 될 수 있을 것 같았다. 의사인 내가 할 수있는 최선의 처방이었다.

초등학교 교사인 아내가 학부모 참관수업을 했을 때 일이다. 1학년 담임을 맡고 있었던 아내는 그때 첫째를 임신한 상태로 산달이 가까워 배가 많이 불렀는데, 아빠들을 위한 참관수업 준비를 하고 있었다. 엄마 참관수업이라면 임신한 몸이라 하더라도 편하게 할 수 있을 텐데, 아빠 참관수업이라 적잖이 부담을 느꼈고, 수업을 어떻게 진행할지 고민을 많이 했다.

그러다가 배가 부른 자신의 모습을 보며 호기심과 궁금증을 표시하는 아이들을 위해 '임신과 아기'를 주제로 아빠 참관수업을 이끌어 가기로 했다. 아내는 참관수업 하루 전날 아이들에게 말했다.

"얘들아, 너희가 보다시피 하루가 다르게 불러오는 내 배에는 아기가 들어 있단다. 그런데 나는 이 아기가 남자인지, 여자인지 아직 모르겠어. 또 성격은 어떤지, 얼굴은 어떤 모습인지 알 수가 없어. 만약에 엄마인 내가 직접 아기를 선택했다면, 그 아기가 구체적으로 어떤 애인지 알고 선택했을 텐데 말이야. 가만히 생각해 보니 이 아기가 엄마인 나를 선택한 것 같아. 아마 너희들도 이 세상에 오기 전에 아빠와 엄마를 선택했을 거야. 너희가 이 땅에 오기 전에 어떤 아빠를 원했는지, 어떤 아빠를 만나고 싶었는지 각자 글로 쓰거나 그림으로 그려 보자. 그래서 내일 아빠 참관수업에서 발표해 보는 거야."

다음 날 아빠 참관수업에서 아이들은 각자 자신이 원했던 아빠의 모습을 글이나 그림을 통해 표현했다. 어떤 아이는 먹을 것을 잘 사 주는 아빠를 글로 썼고, 매일같이 자신과 운동장에서 축구를 하는 아빠 모습을 그린 아이도 있었다. 그렇게 아이들이 머릿속에 그리며 원했던 아빠 모습에 대한 발표가 이어지는 동안 참관수업차 학교를 찾은 아빠들은 교실 뒤편에서 환하게 웃으며 수업에 몰입했다. 발표가 모두 끝나자 아내는 아이들에게 질문을 던졌다.

"자, 그동안 아빠와 살아 보니 어떠니? 너희가 이 세상에 오기 전에 선택했던 아빠 모습과 지금 현재 아빠가 일치하는 것 같아?"

아이들은 대부분 "예! 맞아요, 제 선택이 맞았어요." 하며 긍정적으로 대답했다. 그런데 어떤 아이는 "저는 아빠를 잘못 선택한 것 같아요. 제가 있었던 곳으로 다시 돌아가고 싶어요."라고 천진난만한 표정으로 말해 교실을 웃음바다로 만들었다.

아빠를 잘못 골랐으니 원래 있던 곳으로 다시 되돌아가고 싶다는 아이의 말을 전할 때는 나도 웃었고, 마주 앉은 그녀도 큰 소리로 웃음을 터트렸다. 나는 이때다 싶어 보다 핵심적인 내용으로 주제를 바꿔 얘기를 이어 갔다.

"당신은 어쩌면 40여 년 전에 우주 저 먼 곳에서 지구별에 여행을 온 것인지 모릅니다. 인간의 머리로 재단하거나 측량하기 어려운 저 광대한 우주에서는 우주선을 타고 이동하는 것이 아니라 '생명의 빛'으로 움직입니다. 생명의 빛만을 갖고 한 행성의 물질계에 들어가 그곳에 있는 생명체의 자궁을 빌려서 태어나는 것이죠. 우리가 지구라는 행성에 와서 소의 자궁을 빌렸으면 소가 됐을 것이고, 돼지의 자궁을 빌렸으면 돼지가 됐을 텐데 지구인의 자궁을 빌려서 지구인으로 태어난 거죠."

그녀는 내가 왜 이 얘기를 하는지 감을 잡은 것 같았다. 나를 물끄러미 쳐다보더니 얼굴 전체로 미소가 번져 갔다. 나는 내처 말했다.

"우리는 겉모습은 지구인이지만 속사람은 지구인이 아닙니다. 겉모습은 인간이지만 내면에 있는 실재는 하늘에서, 우주에서 온 생명의 빛입니다. 그런 의미에서 당신의 엄마는 진짜 엄마가 아닙니다. 당신이 지구에서 태어나기 위해 자궁을 빌린 한 생명체입니다. 이 세상에 태어날 수 있게 도움을 준 것에 대해서는 물론 고마워해야 하지만 그렇다고 너무 큰 의미를 부여할 필요는 없습니다. 당신의 진정한 엄마는 하늘이고 우주입니다."

혼자 아파하는 사람들

하늘이 나에게 주신 선물

하늘이 나에게 주신 선물이 있다. 젊은 시절에는 그게 선물이 아니라 천형(天刑)인 줄 알았다. 나는 사람마다 가진 고유한 파장을 민감하게 느끼고 받아들인다. 하늘이 나에게 사람 몸에서 나오는 파장과 그 미세한 진동을 읽는 능력을 주신 것이다.

모든 사람은 저마다 고유한 파장이 있다. 누구나 처음 본 사람이라 하더라도 잠깐의 인상이나 느낌을 통해 그가 어떤 사람인지 어느 정도는 가늠해 볼 수 있는 것도 누구에게서나 고유한 파장이 나오기 때문이다. 사람 몸에서 나오는 파장에는 그가 그동안 어떻게 살아왔는지, 지금 현재 어떤 감정과 기분인지, 한 사람의 과거와 현재가 종합적으로 담겨 있다.

나는 누구든지 잠깐이라도 마주 앉아 얘기를 나누거나 같은 공간에 있기만 해도 그에게서 나오는 파장을 통해 그 사람의 내면이 어떤 상태인지 느끼고 파악할 수 있다. 사람 몸에서 나오는 파장과 진동이 여과 없이 그대로 전해지기 때문이다. 가슴이 따뜻하고 마음이 편안한 사람과 같이 있으면 그 따뜻하고 편안한 느낌이 그대로 내 가슴에 전해진다. 그럴 땐 나도 참 행복해진다. 반면 화가 잔뜩 나 있거나, 시기하고 미워하는 마음으로 가득 찬 사람을 만나면 그 분노와 질투, 미움의 감정이 파장에 실려 내 가슴으로 전해진다. 그럴 때는 마치 날카로운 송곳으로 내 가슴을 후벼 파는 것처럼 고통스럽다.

문제는 우리가 사는 세상에는 따뜻하고 평화로운 파장을 내는 사람이 그다지 많지 않다는 데 있다. 일상에서 접하는 대부분의 사람들이 자기감정에 사로잡혀 있거나, 에고의 속임수에 넘어가는 미성숙한 존재로, 자신도 모르게 바짝 날이 선 날카로운 파장을 보내온다. 그 파장을 그대로 느끼는 나로서는 수없이 가슴을 베일 수밖에 없다. 또 두려움의 정서가 지배적이거나 불안에 사로잡혀 불안정하게 떨리는 파장을 내는 사람도 있다. 그런 경우 내 가슴에서도 그 파장이 민감하게 느껴져 당혹스러워진다.

우리는 좋든 싫든 다른 사람과 만나 교류하고 사회적 관계망 속에서 살아갈 수밖에 없기에 한때는 '하늘은 왜 나에게 이런 능력을 주셨을까?' 하며 원망도 많이 했다. 그러다가 30대에 한의원을 열고 환자를 보게 되면서 인식이 180도 바뀌었다. 환자와 얘기를 나누거나 진맥을 통해서 얻어지는 것보다 환자 몸에서 나오는 파장에 훨씬 더 깊고 풍부한 정보가 담겨 있어 치료하는 데 너무나 큰 도움이 됐기 때문이다. 오진 확률은 낮추고, 치료 효과는 한층 높일 수 있는 유용한 진찰 수단을 가지게 된 것이다.

사람마다 나오는 고유의 파장은 엄밀히 말하면 몸을 구성하고 있는 세포에서 나온다. 더욱 세분화하면 세포를 구성하고 있는 입자에서 나오는 것이다. 사람 몸의 세포에는 여태껏 살아오면서 겪고 느꼈던 모든 것이 오롯이 담겨 있다. 기뻤거나 슬펐던 일, 화가 났거나 속상했던 일, 감동을 했거나, 억울한 일을 당했던 경우 등 감정의 흐름에 따라 세포 속 입자에 파장과 진동 형태로 입력된다. 그렇게 세포 속에 차곡차곡 입력돼 쌓이면 우리가 흔히 얘기하는 '업(業)'이 되는 것이다.

사람 몸의 파장을 느끼고 읽을 수 있는 나의 능력은 치료에도 유용하지만 '사포리식 치유 원리'를 정립하는 데 이바지한 바가 더 크다. 환자를 치료하면 할수록 겉으로 드러난 증세나 통증이 발생한 곳에 대한 치료보다는 근원적이면서 본질적인 치료가 더욱 중요하다는 것을 깨닫게 된다. 아픈 증세가 있는 곳에 대한 표피적인 치료, 국소적인 치료로는 한계가 있다는 것을 분명히 알게 된 것이다.

무겁고 어두운 파장이 몸에서 나오는 환자의 경우에는 비슷한 증세의 다른 환자에 비해 치료 속도가 더디다. 또 병세가 회복됐다 하더라도 재발하는 확률도 높다. 몸속 세포들이 가진 어둡고 무거운 에너지로 인해 완전하게 치유되지 못하는 것이다. 그런데 환한 파장이 나오는 환자들은 대체로 치료 과정이 순탄하다. 병이 낫는 기간도 짧고, 별다른 치료도 하지 않은 것 같은데 이내 건강을 회복한다.

몸속 세포가 바뀌지 않고서는 진정한 의미의 치유가 이뤄졌다고 할 수 없다. 세포가 바뀌려면 무엇보다도 감동을 받아야 한다. 가슴속에서 감동을 받아 뭉클함을 느끼며 행복감에 빠져들면 몸속 세포를 구성하는 입자가 밝고 환하게 바뀐다. 그래서 사포리식 치유의 초점은 몸속 세포를 구성하는 입자에 맞춰져 있다.

갓 태어난 어린 아기의 몸속 세포 입자에서는 보석처럼 영롱하고 눈이 부실 정도로 환한 생명의 빛이 나온다. 사포리식 치유는 환자 몸의 세포를 찬란하게, 생명의 빛이 반짝이는 아기 몸의 세포로 바꾸는 것이다.

환자들과 함께 여행을 하고 다양한 치유 이벤트를 통해 감동을 선사하면 환자 몸의 세포가 환하게 밝아진다. 환자 몸의 세포에서 나오는 빛과 파장이 달라지는 것이다. 아픈 몸을 치유하는 힘, 생명을 회복하는 힘이 생기게 되는 것이다. 감동과 행복은 세포를 살아나게 한다. 사포리의 가장 기본적인 처방이 감동과 행복인 이유가 여기에 있다.

병이 들면 진짜 내가 보입니다

나는 사람들이 병이 들기를 바라는 의사다.

그것도 가볍게 아프거나 며칠 지나면 낫는 가벼운 질환이 아니라 온몸에서 제대로 된 아픔을 느끼는 '진짜' 병 말이다. 물론 누구나 건강을 잃어 병에 걸리는 상황은 피하고 싶어 하고 아픈 사람을 치료하는 것이 의사의 본분이라는 걸 잘 알고 있지만, 몸이 아픈 것을 통해 가슴 깊은 곳에 있는 본래의 자기 자신을 만날 기회가 되기 때문이다. 세상 속에서 부대끼고 애써 적응하며 분주하게 살면서 어느 샌가 까맣게 잊고 있었던 자신의 존재를 자각할 기회가 주어지는 것이다.

자신의 의지나 노력에 따라 모든 것이 컨트롤되고, 탄탄하게 세운 계획과 각본에 따라 제대로 된 삶이 전개되는 줄 알았는데, 예기치 못한 병이라는 돌발 변수를 만나게 되면 견고하게 구축한 자신의 성(城)이 한순간에 무너져 버린다. 우리는 모두 죽음이라는 피할 수 없는 숙명을 맞게 되지만, 그건 어디까지나 남의 얘기로 치부하거나 다른 사람은 병에 걸려 아프더라도 자신에게는 병마가 찾아오지 않을 것처럼 살아가는 사람에게 '진짜' 병만큼 좋은 각성제는 없다. 자신도 모르게 오만함이라는 바벨탑을 쌓아 올리거나, 순간순간 느끼는 현재의 행복감은 제쳐 놓고 과거의 덫에서 빠져나오지 못하거나, 신기루와 같은 먼 미래를 좇는 사람에게도 '진짜' 병은 삶의 소중함과 진정성에 대한 의미를 일깨워 준다.

'진짜' 병에 걸리면 매일매일 싸움터와 같은 삶의 현장에서 치열한 격전을 치르며 숨 가쁘게 살다가 상처를 입어 후방으로 이송되는 것과 같다. 부상 병동에 머물다 보면 차분하게 자신을 되돌아볼 수 있는 시간을 가질 수 있다. '도대체 나는 왜 싸우고 있는지', '누굴 위해서, 무엇을 얻기 위해 잠시도 쉬지 못하고 전쟁터 한복판에 있는 것인지' 몸이 건강했을 때는 미처 가져 보지 못한 진지한 성찰의 기회가 주어지는 것이다.

그래서 '진짜' 병이 들면 저절로 겸손해진다. 대부분 순해지고 착해진다. 내면에 착한 영혼이 다소곳이 자리하게 된다. 그렇게 순수한 영혼은 의사가 조금만 관심을 갖고 다가가도 깊은 떨림이 울려 나온다. 내가 치료를 위해 손을 내밀면 아무런 의심과 두려움 없이 내 손을 맞잡는다. 그러면서 의사와 환자가, 가슴 대 가슴으로 만나 따뜻한 온기를 나누게 된다. 그럴 때 의사로서 한 사람의 순수한 영혼을 제대로 만나는 기쁨과 감동이 있다.

물론 '진짜' 병에 걸리더라도 평소 살아왔던 '싸움의 방식'으로 대처하는 사람도 있다. 악전고투하며 사는 방식 그대로 자신에게 고통을 주는 병도 물리쳐야 할 적군으로만 인식하는 것이다. 병에 대한 기존 틀과 인식에 갇혀 새로운 시각에서 보지 못하게 된다. 몸이 건강하고 사회적으로 높은 지위에 있어 영향력을 행사할 수 있을 때는 누군가 따뜻한 손을 내밀어도 쉽게 잡지 못한다. 생존을 위해 일상화된 의심과 두려움이 먼저 작용하기 때문이다. 가진 것이 많을수록 순수함을 순수함 그 자체로 받아들이지 못한다.

그런데 '진짜' 병에 걸려 몸이 아프게 되면 누군가 내미는 작은 손길에도 따뜻함을 느끼고, 그 온기에 감동을 한다. 민낯을 가렸던 두꺼운 가면과 맨몸을 감쌌던 갑옷을 벗어 버린 상태에서 본래 우리 안에 숨겨진 선한 모습, 착한 모습이 나타난다. 병이라는 매개체를 통해 한 사람의 내면 깊숙이 감춰졌던 순수한 영혼이 제 모습을 드러내는 것이다.

티베트 불교에서는 죽음의 순간을 가장 의미 있게 여긴다고 한다. 사람은 죽는 순간에서야 사회적인 구조 안에서의 '나', 세상에서 만들어진 '나', 싸움을 통해 만들어진 '나', 겉모습의 '나'가 허물어진다. 그 어떤 노력으로도 피할 수 없는 불가항력적인 죽음이 임박해서야 외부적인 '나'가 무너지는 것이다. 그러므로 죽음의 순간은 내면에 있는 진정한 자아가 자유로워지는 시간이다. 내면의 자아가 본래의 모습을 만나게 되는 순간이다.

바로 그 순간 높은 경지에 오른 고승(高僧)이 죽음을 앞둔 이의 귓가에 진리의 말을 가만히 들려줬을 때 내면의 자아가 그 진리의 음성을 듣고 공명을 일으키며 궁극의 진리를 한순간에 깨닫는다고 한다. 마찬가지로 '진짜' 병에 걸리면 극심한 고통과 아픔을 겪게 되지만, 겸허함과 순수함을 되찾아 내면 깊은 곳까지 침잠해 들어가는 계기가 될 수 있다. 평소에는 단 한순간도 가만히 있지 못하는 마음의 활동이 저절로 멈추게 되는 것이다. 생각하고 계산하고 판단하는 마음이 그 움직임을 멈추게 되면 온몸의 세포에 평화가 찾아온다. 온전한 생명으로 다시 피어나게 되는 것이다.

그래서 '진짜' 병이 찾아오면 '축복'으로 받아들여야 한다. 우리는 가끔은 '진짜' 병이 들어야 한다. 나는 병이 들기를 바라는 의사다.

4.
쉽게 하는
사포리식 치유법

조화롭게 자연스럽게 자유롭게

-사포리식 치유의 제1원칙

사포리에서 치료를 받고 몸이 나은 환자 중에 이렇게 얘기하는 분들이 있다.

"원장님이 달리 특별하게 치료를 해 주신 것 같지는 않은데, 신기하게도 아픈 곳이 나았어요."

한적한 시골의 분위기가 좋고, 한의원에 오는 사람들과 가끔 여행도 하면서 서로 친해져 그저 놀러 오는 기분으로 사포리를 오갔는데, 부지불식간에 자신을 그토록 고통스럽게 했던 질병이 말끔하게 사라져 의아하다는 것이다. 인위적인 치료보다는 자연스러운 치료를 추구하다 보니 종종 이런 말을 듣게 된다.

실제로 내가 하는 치료에 특별함은 없다. 침을 놓기는 하지만 막힌 곳을 풀어 줘 기운을 통하게 하고 몸과 마음을 이완시키는 침술을 사용할 뿐 단번에 아픈 곳을 낫게 하는 특수한 침술을 쓰는 것은 아니다. 새롭게 약효가 입증된 천연 재료와 고가의 한약재를 가미해 만들어 낸 특별한 약도 없고, 단지 약도 쑥을 주원료로 주변에서 쉽게 구할 수 있는 한약재로 만든 '자모환'을 개발해서 처방하고 있을 따름이다. 그저 환자 스스로 본래의 자연스러움과 조화를 회복할 수 있도록 각자의 기질과 특성을 고려한 맞춤형 처방을 내리고, 이를 실천하고 적용할 수 있도록 다양한 방식을 동원해서 도움을 줄 뿐이다.

1990년대 중반, 대전에서 한의원을 열던 때 일이다. 나는 서양의 물질문명과 대비되는 동양의 정신세계를 탐구하고 새로운 대안을 모색하는 모임에서 활동을 하고 있었다. 우리나라의 대표적인 과학기술연구단지인 대덕연구단지에서 일하고 있는 과학자들이 주축이 된 모임이었는데, 어느 날 정기 모임 자리에 낯선 벽안의 여성이 참석했다.

그녀는 한국의 전통 의학에 관심이 많아 직접 배우기 위해 유럽에서 왔고, 한의학의 원리와 침술 등을 1년 넘게 공부하고 있다고 자신을 소개했다. 회원들은 서양인의 시각에서 바라보는 한의학은 어떤 것인지 무척 궁금해했다. 누군가 그녀에게 질문

혼자 아파하는 사람들

을 던졌다.

"한의학의 본질은 무엇이라고 생각하세요?"

그녀는 잠시 진지한 표정으로 생각하더니 짧지만 의미심장한 답변을 내놓았다.

"하모니(Harmony)"

순간 가슴속 전구에 불이 번쩍하고 들어왔다. 그동안 정말 이루 헤아릴 수 없이 많이 듣고 접했던 말이 아니었던가. '하모니'는 음양의 '조화', 기혈의 '조화' 등 한의학에서 가장 많이 쓰이고 있는 말의 하나였지만, 이날은 전혀 다른 느낌으로 묵직하게 다가왔다. 내 안 어디에선가 쿵 소리가 나며 충격파가 퍼져 나갔다. 늘 숲에서 사는 사람이 자신이 사는 장소에 너무나 익숙해져, 그 본질적인 면을 까맣게 잊고 지내다가, 저 멀리 외부에서 온 누군가가 숲은 바로 이런 것이라고 명료하게 정리를 해 준 것과 같았다.

한의학을 처음 배웠던 스무 살 때는 너무 어려서 그 의미를 잘 몰랐다면, 한의대 6년을 다니는 동안에는 셀 수 없을 만큼 많이 접하다 보니 무뎌지고 익숙해져 그 본래의 의미를 두지 않고 그냥 습관처럼 써 왔던 것 같다. 한의원을 개원하고 환자를 치료하면서도 수시로 '조화'를 언급했지만, 의미가 아닌 언어로만 전달한 것은 아닌지 자성도 하게 됐다. 동시에 자연과 자유, 영성,

©황호신

우리는 원래 자연스럽고 조화로운 존재로 태어났다.
자연도 그 자체가 조화로움이다. 살아가면서 어디선가
조화로움이 깨지고 어긋나면 병이 나는 것이다.

사랑처럼 중요한 단어들도 단순히 언어적인 차원에서 접근하고 있는 것은 아닌지, 본래적인 의미로 깊게 만나고 있는 것인지 되돌아보는 계기도 됐다.

그날의 신선한 충격이 계기가 되어 '조화'에 대해 더욱 깊게 파고들던 중, 한 여행지에서 조화로움의 신비함과 그 무한한 가능성을 다른 각도에서 느껴보고 체험한 일이 생겼다. 지인들과 경남 하동으로 여행을 갔는데, 일행 중 한 분이 '경이로운 차(茶)의 세계를 보여 주겠다'며 쌍계사 인근에 자리한 '무향다원'으로 우리를 안내한 것이다.

그곳에서 우리는 '무향차'라는 귀한 덖음차를 맛볼 기회를 가졌다. 전통적인 제다법인 '아홉 번 찌고 아홉 번 말린다'는 구증구포(九蒸九曝) 방식으로 만든 차였다. 다관에서 우려낸 차를 잔에 따라 맛을 봤는데 느낌이 묘했다. 순간적으로 말문이 그대로 닫혔다. 풀잎에 맺힌 이슬이 아침 햇살을 받아 반짝반짝 빛나는 장면이 연상되더니, 어느 순간부터는 깊게 가라앉아, 적요 속으로 침잠해 들어가는 기분이 들었다.

나뿐만 아니라 일행 모두가 비슷한 경험을 하는 것 같았다. 찻잔을 입에 댄 이후 모두가 약속이라도 한 듯 말이 사라졌다. 어떤 분은 마치 술을 마시고 취한 것처럼 차의 기운에 취해 얼굴이 붉어졌고, 이후 그런 상태가 몇 시간 지속됐다. 술을 마시고 취하면 기분이 좋고 흥분되며 기운이 상승하지만, 차에 취하면 고요하고 차분해지며 가라앉는다.

두 번째로 우려낸 차를 마실 때는 물결이 일지 않는 잔잔한 호숫가를 보는 것처럼 편안하면서 평화로웠다. 놀라웠다. 경이로운 차의 신세계로 안내하겠다는 말은 빈말이 아니었다. 어떻게 만들어져서 이토록 탁월하면서 신비로운 맛을 내는지 궁금했다.

그날 마신 무향차는 지금은 돌아가신 고(故) 조성기 씨가 만든 차였다. 그는 우리나라에서 녹차를 대중화한 조태연 · 김복순 부부의 여섯째 아들로 이미 그 당시에 차와 관련해서는 최고의 경지에 올랐다는 평을 듣고 있었다. 차 애호가인 다인(茶人)들 사이에서 '무향차를 마셔 본 사람은 축복을 받은 사람'이라는 말까지 나올 정도였다.

그는 최고 품질의 야생 찻잎을 구해 구증구포 방식으로 제다 과정을 거쳐 무향차를 만들었다. 특히 280~300도까지 달궈진 커다란 가마솥에서 차를 덖을 때, 차의 잡미를 제거하고 본연의 맛을 살리기 위해 장갑을 끼지 않고 맨손으로 작업한다고 했다. 차가 알맞게 익혀졌는지 최적의 타이밍을 포착해 재빨리 작업하기 위해 맨손으로 한다는 것인데, 살갗이 벗겨지고 손톱이 빠지는 고통을 감내해야만 해 혼과 열정이 담긴 장인 정신이 아니고서는 엄두도 못 낼 일이다.

그런 혹독한 과정을 거쳐 만들어진 무향차는 생산량이 많지 않아 구하기가 쉽지 않았고, 국내 차 중에서는 최고가에 판매될 정도로 명품 반열에 올라 있었다. 그가 설명하는 무향차 맛에 숨어 있는 비결은 바로 조화로움이었다. 다섯 가지 맛인 신맛과 쓴맛, 매운맛, 단맛, 짠맛이 각각의 속성을 그대로 유지하면서 하나로 조화를 이뤄 한 차원 더 높은 단계의 승화된 맛을 낸다는 것이다. 각각의 맛이 서로 충돌하지 않고 조화를 이룰 때 궁극의 맛이 드러난다는 설명이었다.

그날 무향차와의 만남으로 '조화'에 대한 이해는 더욱 깊어지고 공고해졌다. 아픈 몸을 낫게 하는 데 있어 '조화'는 중요한 치료 원리다. 우리는 원래 자연스럽고 조화로운 존재로 태어났다. 자연도 그 자체가 조화로움이다. 살아가면서 어디선가 조화로움이 깨지고 어긋나면 병이 나는 것이다.

사포리에서는 병증이 있는 특정 부위에만 국한하지 않고, 몸과 마음의 환경을 어떻게 조화롭고 안정되게 하느냐에 초점을 맞춰 치료한다. 조화로워지면 몸과 마음이 편안해지면서 본래의 자연스러움을 회복하기 때문이다.

조화로워지면 자연스러워지고, 자연스러워지면 자유로워진다.

아이처럼 숨쉬고 아이처럼 잠들다

-편안함과 조화로움을 주는 침

환자들을 많이 접하면서 알게 된 몇 가지 사실이 있다.

공통적인 특징 중의 하나는 내적인 긴장도가 유독 높다는 것이다. 겉으로 드러내지는 않지만, 속으로는 두려움 속에 긴장의 끈을 세게 붙들고 있는 것을 느낄 수 있다. 또 자신도 모르게 긴장이 습관화된 경우도 많다. 늘 긴장을 안고 살아가는 것이다. 끊임없이 남과 경쟁을 해야 생존할 수 있는 환경에서 자신의 약점이 드러나지 않도록 다른 사람의 시선을 의식해야 하고, 주변의 평가와 기대치에 어떻게든지 부응하기 위해 남다른 노력을 기울여야만 해 한시라도 긴장의 고삐를 늦출 수 없기 때문이다. 긴장으로 내면이 경직된 환자와 마주 앉아 얘기를 나누다 보면 그 환자의 세포들이 내뿜는 두려움과 불안의 파장을 확연하게 느낄 수 있다.

긴장하면 우리 몸에서 직접 타격을 받는 곳이 있다. 바로 음식물을 소화하는 위장이다. 우리가 식사 자리에서 과도하게 신경을 쓰거나 불편한 사람과 밥을 먹을 때, 어린 시절 밥상머리에서 어른에게 혼이 나면 소화가 안 되는 것도 다 그런 이유에서다. 정신적으로 긴장하면 위장은 굳어진다. 딱딱해지는 것이다.

신체 중심 부분에 자리하고 있는 위장은 몸에서 기운이 통행하는 교차로 역할을 한다. 그런데 교차로가 긴장 상태로 인해 굳어지면 어떻게 될까. 기운의 흐름이 정체되거나 차단된다. 낮과 밤 구분 없이, 움직이거나 가만히 있거나, 깨어 있거나 잠을 자더라도 기운의 흐름은 잠시라도 멈춰서는 안 된다. 혈관을 타고 몸 전체를 오가는 혈액처럼 눈으로 직접 볼 수는 없지만, 기운의 흐름이 원활해야 신체 기능이 정상적으로 작동한다. 교차로가 막혀 기운의 흐름에 이상이 발생하면 몸 어딘가 아프거나 탈이 날 수밖에 없다.

그래서 사포리에서는 굳어 있는 위장을 풀어 주는 침을 기본적으로 놓는다. 환자마다 아픈 곳이 다르지만, 교차로인 위장의 긴장을 먼저 풀어 줘야 전체적인 기운이 원활하게 흐르고, 소통이 자연스럽게 이뤄져 몸이 이완되면서 아픈 곳도 풀리기 때문이다. '이완의 침'인 셈이다.

환자들의 특징 중 다른 하나는 몸의 기가 본래 통로로 움직이지 않고 떠서 흐른다는 것이다. 몸에는 기가 흐르는 기맥이 있는데 그것은 만져지거나 눈으로 볼 수 있는 3차원적인 형태는 아니지만 명확하게 존재하는 무형의 실체다.

기운이 떠 있다는 것은 기가 본래 통로인 기맥을 타지 못하고 있다는 것을 뜻한다. 건강한 사람도 화를 내거나 신경이 곤두설 때는 기가 기맥을 타지 못하고 떠서 흐른다. 몸이 아픈 환자도 마찬가지다. 기가 기맥을 타지 못하면 몸은 힘들어진다. 어디선가 문제가 생기고 고장이 나는 질환이 발생하는 것이다. 자동차들이 차도로 운행하지 않고, 사람이 오가는 인도로 다닌다면 큰 혼란이 일어나는 것과 같은 이치다.

사포리에서는 떠 있는 기를 가라앉혀 본래 기맥을 타고 흐르게 하는 침을 놓는다. 침을 통해 차도를 이탈해 다른 곳을 달리며 혼란을 일으켰던 자동차들이 본래 도로로 들어와 조화롭고 질서 있게 주행을 하게 하는 것이다. 이른바 '조화로움의 침'이다.

침 치료는 경험과학의 산물이다. 아주 오래전 석기시대 원시인은 어딘가를 다치거나 아픈 곳이 있으면 무의식적으로 끝이 뾰족한 돌로 불편하거나 아픈 곳을 자극했다. 그러다가 아주 우연히 효험을 보기도 했을 것이다. 그게 침 치료의 효시라고 할 수 있다. 그런 방식으로 장구한 세월을 거쳐 하나씩 하나씩 경험이 쌓이고 후대에 전해지면서 인체의 특정 부위를 자극하면 아픈 곳이 낫는다는 법칙이 발견되고, 이론화 과정을 거쳐 동양의학이 탄생하게 된 것이다.

그러면서 사람 몸에는 눈으로 볼 수는 없지만, 체계적이면서 질서 정연한 유기체가 작동하고 있으며, 기혈을 운행하고 신체 각 부분을 조절하는 통로가 있다는 것까지 알게 됐다. 바로 경락(經絡)이다. 음식을 먹고 체한 어린아이가 자지러지게 울면서 한의원에 왔다가 침을 맞고 금방 회복돼 웃으며 나가고, 허리가 아파 부축을 받거나 불편한 자세로 들어왔다가 침 치료를 받고 자기 걸음으로 돌아가는 것도 침을 통해 경락의 흐름을 원활하게 했기 때문이다.

사포리 침법의 핵심 원리는 '이완'과 '조화로움'에 있다. 침을 통해 긴장 상태에 있는 위장을 풀어 줘 몸을 이완시키고, 기가 본래 통로인 기맥을 타고 원활하게 흐르게 해 몸과 마음의 조화로움을 찾고 유지하게 한다. 사포리에서 침을 맞은 환자들은 공통적으로 편안하다고 한다. 어떤 환자는 너무나 편해 자신의 몸이 없어진 것 같다는 표현도 한다. 날카로운 침을 맞고 있으면서 자신도 모르는 사이에 잠에 빠져드는 것도 그런 편안함 때문이다.

침 자리를 정확하게 찾아 침이 제대로 들어가면 몸이 이완되면서, 어느 순간 몸을 순환하는 기운이 아래로 툭 내려가며 깊은 잠에 들게 된다. 바로 그때 숨이 척추 바닥을 타고 흘러간다. 그러면 정수리와 꼬리뼈 사이로 기운이 흐르고 몸 전체의 조화가 잡히면서 생명력이 살아난다. 추운 겨울날 밖에 있다가 따뜻한 온돌방에 들어와 몸을 가만히 뉘었을 때처럼 몸과 마음이 스르르 풀리고 깊은 잠에 들면서 한없는 편안함을 만나게 된다.

사실 숙면처럼 좋은 치료법은 없다. 어린아이처럼 푹 자는 것만큼 몸을 회복시켜 주는 것도 없다. 아이처럼 숨을 쉬고 잠을 자게 하는 것, 그것이 사포리식 치료법이다. 인위적이지 않은 순리에 따른 치료법이다.

침을 통해 몸이 살아나고 마음이 안정되면 우리 안에 내재한 신성함과도 만날 수 있다. 침을 맞고 기운이 본맥을 찾아 제대로 흐르게 되면 내면이 고요해진다. 한없이 깊어지는 것이다. 사포리에서 '이완'과 '조화로움'에 지향점을 두고 침을 놓는 것은 치료의 목적도 있지만, 궁극적으로는 자신 안에 있는 신성한 영혼을 느끼고 만나게 하고 싶어서이다. 그래서 사포리의 침은 진정한 나를 찾는 '영혼의 침'이기도 하다.

혼자 아파하는 사람들

아랫배가 따뜻해야 행복해진다

-선순환을 도와주는 자모환

　그녀를 처음 본 순간, 폐차 직전의 자동차가 연상됐다. 몸은 과도할 정도로 뚱뚱한데 이를 지탱하고 움직여야 할 신체적 에너지는 바닥 수준이었다. 얼굴근육도 부분적으로 마비되는 증상까지 있어 표정도 부자연스러웠다. 발걸음을 떼는 것도 힘겨운지 걸을 때도 발을 질질 끌다시피 했다. 마치 불안하게 쌓아 올린 나무 블록처럼 가볍게 툭 건드리기만 해도 무너져 내릴 것만 같았다.

　"제 몸 상태가 이렇게 된 건, 인도에서 더위를 많이 먹어서 그래요."

　사포리 진찰실에 앉자마자 그녀가 자조 섞인 농담처럼 말했다. 30대 초반 인도로 배낭여행을 떠났다가 그곳의 매력에 푹 빠져 현지에 정착한 그녀는 10여 년간 살면서 가이드로 일했다고 한다. 그녀가 언급한 '더위'는 단순히 날씨만을 얘기한 것이 아니라 만만치 않았던 인도 생활을 포괄하고 압축한 표현 같았다.

진찰해 보니 신장에 문제가 있었다. 한의학에서는 신장을 생명의 원천으로 여길 만큼 중요하게 여긴다. 서양의학에서 신장은 혈액 속의 노폐물을 걸러 내 소변으로 배출하는 기관이지만, 한의학에서는 생식과 성장, 발육을 원활하게 하고 원기를 북돋는 장기다. 원초적인 생명력을 간직하고 신체 활동에 필요한 에너지를 발산하는 두 가지 중요한 기능을 한다. 자동차에 비유해 설명한다면 에너지원인 기름이 누출되지 않도록 잘 보관하는 연료 탱크 역할과 함께 엔진에서 연료를 태워 에너지를 만드는 기능을 한다.

그녀는 그처럼 중요한 역할을 하는 신장이 고장 나면서 신체 기능이 점차 악화되었고, 쓰러지기 일보 직전의 상황까지 온 것이다. 나는 신장에만 초점을 맞춰 치료하지는 않았다. 더욱 근본적인 치료가 필요했기 때문이다. 사실 그녀는 아랫배가 냉(冷)한 것이 더 큰 문제였다. 신장 기능이 나빠진 것도 아랫배가 찬 데서 비롯된 것이다. 그래서 나는 '자모환(滋母丸)'이란 약 처방을 내렸다.

자모환은 아랫배를 따뜻하게 해 주는 약이다. 한의사로서 많은 환자를 접하면서 느낀 점을 바탕으로 확립한 치료 원리를 적용해 1990년대 중반 직접 개발한 약으로 환자 치료에 적용해 큰 효험을 보고 있다.

자모환은 익모초를 주재료로 당귀와 향부자 등 10여 가지의 약재가 들어간 환약이다. 익모초는 배가 아플 때 쓰는 약초로, 여름철 차가운 음식을 많이 먹어 배탈이 났을 때 사용한다. 날씨가 더워 땀을 많이 내면, 열은 밖으로 배출되지만 속은 냉해진다. 거기에 차가운 음식이라도 먹으면 배탈이 나기 쉬운데 그럴 때 약으로 쓰는 것이 익모초다. 익모초는 한자로 풀면 '더할 익(益)'과 '어미 모(母)'로 모체, 모성에 도움을 준다는 의미다. 배가 아플 때 치료제로 쓰이는 약초 이름에 어미 모가 들어갔다는 것 자체도 의미심장하다. 자모환에는 익모초가 주재료로 쓰이지만 '지모(知母)'란 약초도 들어간다. 지모는 신장과 쓸개의 염증을 가라앉히는 약성을 갖고 있다.

자모환은 '불을 자(滋)'와 '어미 모(母)'가 조합된 약명이다. '불을 자(滋)'는 '물(氵)'과 '우거진다(茲)'가 합쳐진 것으로 물을 주어 불어나 우거지도록 번식한다는 뜻이다. 여기에 '어미 모(母)'가 결합해 여성과 모체(母體)에 도움을 주고 성장하게 하며 여물게 한다는 뜻을 담아 약명을 지었다.

몸이 아픈 환자가 옆에 있으면 가만히 손을 내밀어 잡아 보자.
실제 손이 아니라 '마음'으로 손을 내밀어 잡아 보는 것이다.
그러면 따스함과 함께 어떤 느낌이 들 것이다.
'머리'가 아닌 '가슴'을 통해서 느껴지는 것이 있다.
그 느낌이 '존재'를 만나는 첫 단계다. 시작점이다.

1990년대 대전에서 한의원을 운영하던 시절, 50~60대 여성을 보면 대체로 아랫배와 자궁이 따뜻했지만 30~40대 여성은 차가운 경우가 많았다. 자궁과 대장, 신장 등 아랫배에 있는 장기는 따뜻한 온도를 유지해야 제 기능을 발휘한다. 컴퓨터실과 음향 장비실은 낮은 온도를 유지해야 오류가 발생하지 않고 작동이 잘 되지만, 사람의 아랫배에 있는 장기는 따뜻해야 원활하게 돌아간다.

그런데 왜 연령대가 높은 여성에 비해 젊은 여성의 아랫배가 더 차가울까. 흔히 옛날 엄마들은 부엌에서 직접 장작불을 때 자궁이 건강하다는 얘기를 많이 한다. 나는 다른 관점에서 본다. 옛날 엄마는 단순히 식구들만 신경 쓰면 됐지만, 요즘 엄마는 어떤가. 배움의 기회와 폭이 비교할 수 없이 커졌고, 직장 생활을 포함해 사회적인 관계망도 엄청나게 늘어났다. 자식 교육만 하더라도 챙겨야 할 일이 얼마나 많은가. 옛날 엄마에 비하면 삶이 복잡다단해졌다. 신경을 써야 할 일이 많지 않았던 과거에 비해, 현재는 수십 가지 아니 수백 가지로 관심사가 늘어났다. 따라서 그만큼 바빠졌고, 당연히 스트레스도 훨씬 많이 받는다. 그래서 신체 하단에 머물러야 할 에너지가 상단인 머리로 올라가 쓰이면서, 에너지를 뺏긴 아랫배는 차가워진 것이다.

아랫배가 냉하면 만병의 근원이 된다. 차가운 냉기가 도는 방에서 잠을 자는 것과 같아서 당장 몸이 나빠지지는 않지만, 전체적인 몸의 기운이 점차 하강 곡선을 그리게 된다. 병이 나더라도 금방 낫지 않고 회복도 더디다. 반대로 따뜻한 온돌방에서 잠을 자면 피로도 쉽게 풀리고 일시적으로 엉클어졌던 신체 기능도 빠르게 회복된다.

중요한 장기가 많은 아랫배는 기본적으로 따뜻한 온도를 유지해야 한다. 아랫배의 온도를 지탱하는 아궁이가 꺼져서는 안된다. 특히 여성은 아랫배가 차가워 자궁이 냉해지면 연쇄적으로 신체의 모든 기능이 저하된다. 자궁은 여성성의 에너지를 내는 중요한 역할을 한다. 갈수록 젊은 여성들의 불임이 늘어나는 것도 아랫배가 허해져 자궁의 온도가 낮아지기 때문이다.

인체 구조상 기운이 아랫배로 내려가면 갈수록 인체는 조화롭고 편안해지고 행복감이 밀려온다. 그런 의미에서 아랫배를 따뜻하게 하는 것은 인간을 인간답게 하는 것이라고 할 수 있다.

첫 진찰에서 자모환 한 달분을 처방받은 그녀는 정성껏 약을 복용했다. 자모환은 한 번에 20~30개씩 하루에 3번씩 복용해야 하는데, 그녀는 몸집이 큰 데다 몸 상태가 워낙 안 좋아 한 번에 30~50개씩 먹었다. 그동안 병원도 여러 군데 다니고 이런저런 약도 많이 먹었지만 차도가 없었는데, 자모환은 며칠 먹어 보니 느낌이 금방 왔다. 그래서 바쁜 일이 있어 약 먹는 것을 놓치게 되면 자다가도 일어나서 미처 먹지 못한 약을 먹을 정도였다.

그렇게 3개월 넘게 꾸준히 약을 먹으면서 그녀 몸은 말 그대로 드라마틱하게 좋아졌다. 아랫배가 차서 신장에 이상이 왔고, 그로 인해 몸이 붓고, 힘도 빠져 움직이지 않게 되면서 살집이 불어나 몸 전체가 나빠진 경우였는데, 자모환을 먹으면서 긍정적인 변화가 연쇄적으로 일어났다. 아랫배가 따스하게 데워지면서 신장이 먼저 좋아졌고, 그러면서 몸의 부기가 빠지고 살도 빠졌다. 몸의 부기가 빠지니 가뿐해졌고, 몸이 가뿐해지니 많이 움직이게 되고, 활동량이 늘어나니 살이 빠지는 선순환이 일어난 것이다.

의사인 내가 보기에도 깜짝 놀랄 정도로 자모환 복용 전후가 확연하게 달랐다. 그녀는 현재 사포리에서 열리는 여러 프로그램에 이어 진행되는 뒤풀이 행사의 전담 요원으로 활동하고 있다. 바쁘게 사는 중에도 사포리에서 행사가 있으면 찾아와서 통기타 하나로 서너 시간은 끄떡없이 노래를 하고 반주를 하며 뒤풀이의 흥을 책임지고 있다. 좌중을 활기차게 이끄는 그녀를 보고 있으면 언제 그렇게 몸이 안 좋았나 싶을 정도로 에너지가 펄펄 넘친다.

자모환은 남녀노소 누구나 부담 없이 먹을 수 있는 약이다. 다만 반드시 하루에 3번 규칙적으로 식사 여부와 상관없이 복용해야 효과를 볼 수 있다. 매일같이 시간에 맞춰 아궁이에 장작을 넣어 줘야 불이 꺼지지 않는 것과 같은 이치다.

처음에 자모환을 보름이나 한 달 정도 복용하면 일종의 명현 현상도 겪게 된다. 밤에는 말할 것도 없고 한낮에도 스르르 잠이 쏟아지는 현상이 나타난다. 아랫배가 따뜻하고 온몸에 온기가 돌면서 늘 긴장 속에 있던 몸과 마음이 풀어지고 편안해져 잠이 오는 것이니 부작용 아닌 부작용인 셈이다.

'그대의 존재 안에는 홀로 있음을 밝혀 주는 빛이 있다.'

자모환 약통 전면에 들어간 짤막한 문구다. 환자들이 자모환을 먹을 때마다 한 번씩 읽어 보고 가슴 깊이 그 뜻을 음미하길 바라는 소망에서 문구를 넣은 것이다. 물질은 하나의 방편이다. 나는 자모환이라는 방편을 통해서 '그대의 존재 안에는 홀로 있음을 밝혀 주는 신성함이 있다.'는 것을 강조하고 싶다. 그 빛을, 그 신성을 만나면 자모환보다 100배, 아니 1000배 이상 효험이 있다는 것을 알기를 바라는 간절한 마음에서다.

　　　　　　　　　　　　　　　　　혼자 아파하는 사람들

아직도 힘이 들어가 있군요

-기분이 좋아지는 호흡법

"어깨와 손목에 힘이 너무 많이 들어갔군요."

"힘을 빼고 부드럽게 스윙을 해야 타구가 멀리 나가는데 안타깝습니다."

프로야구 경기를 중계하는 해설자들이 단골로 하는 멘트다. 승부의 향방을 가를 수 있는 중요한 순간에 힘이 잔뜩 들어가 평소 기량을 발휘하지 못하고 허무하게 찬스를 날리는 선수를 보며 하는 말이다.

축구도 마찬가지다. 결정적인 골 찬스가 왔는데 너무 세게 차는 바람에 하늘로 공이 날아가는 경우가 종종 있다. 반드시 골을 넣어야 한다는 강박감과 긴장감에 자신도 모르게 힘이 들어가기 때문이다. 올림픽과 월드컵 같은 세계적인 대회에서도 피 말리는 경쟁의 압박감에 온몸이 굳거나 힘만 잔뜩 들어가 경기를 어렵게 풀어 나가는 선수를 볼 수 있다. 운동을 전문으로 하는 선수들도 긴장을 풀고 몸에서 힘을 빼야 경기력을 제대로 발휘할 수 있다는 것을 잘 알면서도 정작 실천하기는 쉽지 않은 모양이다.

세계 최고 수준에 오른 유명 선수들의 경기 장면을 보면 어떤 상황에서도 평정심을 잃지 않고 물이 흐르듯 부드럽게 움직인다. 마치 스포츠를 예술로 승화시킨 듯 화려하면서 유려한 동작을 보면 저절로 감탄이 나온다. 보는 이를 매료시키는 조화로움과 아름다움이 있기 때문이다.

무엇이든 힘이 들어가면 조화로움이 깨진다. 조화롭다는 것은 인위적인 힘이 들어가지 않았음을 의미한다. 한의학에서는 몸이 부드러워야 경락의 기혈 순환이 원활하고, 기(氣)의 탄력이 있다고 한다. 지금 내 몸은 어떤지 가만히 느껴 보자. 바람이 부는 대로, 자연스럽게 흔들리는 풀잎처럼 부드러운지, 아니면 죽은 나무처럼 딱딱한지 말이다. 몸의 세포는 마음의 의식과 직결돼 있다. 산들바람에 몸을 맡긴 채 자연스럽게 흔들리는 풀잎처럼 마음이 유연하면 몸도 따라서 부드럽다.

손으로 물건을 잡고 힘을 꽉 쥐 보자. 한참을 그렇게 있으면

혼자 아파하는 사람들

손이 저린다. 그럼 어떻게 하면 될까. 그저 잡고 있는 물건만 가볍게 놓으면 저린 증상은 사라진다. 그런데 우리는 물건을 꽉 쥔 손은 풀지 않고 저린 증상만 없애려고 한다.

사포리에서 이뤄지는 치료의 기본은 힘을 빼는 것이다. 몸과 마음에 힘이 들어가면 병이 발생하기 쉽다. 힘이 들어가면 긴장이 쌓이기 때문이다. 치열한 경쟁 사회를 살면서 뒤처지지 않기 위해 늘 내적인 긴장 상태를 유지해야만 해 자신도 모르게 어금니를 바짝 물면서 힘을 주고 사는 것이 일상화된 지 오래다. 그래서 언뜻 생각하면 힘을 뺀다는 것이 간단해 보이지만 이제는 쉽지 않은 일이 돼 버렸다. 아이러니하게도 힘을 빼기 위해서는 의식적인 노력과 연습이 필요해진 것이다.

힘을 빼기 위해서는 '숨 내쉬기'를 하는 것이 좋다. 숨 내쉬기는 내가 환자들에게 자주 내리는 처방이다. 환자 상태에 따라 조금씩 다른 방식으로 숨 내쉬기 처방을 내린다. 가장 기본적인 숨 내쉬기는 편안하게 앉거나 누워서 입으로만 내쉬는 숨을 쉬는 것이다. 들이마시는 숨은 의식하지 말고 내쉬는 숨만 입으로 "휴우!" 하며 충분히 내쉬면 된다. 그러면 자신도 모르게 힘을 주고 있었던 몸과 마음에서 힘이 빠지면서 이완된다.

숨 내쉬기는 마음을 정화하고 기운을 생성하게 하는 작용도 한다. 이를 위해서는 내가 가진 좋은 기운과 에너지를 다른 존재에게 나눠 준다는 마음으로 숨 내쉬기를 해야 한다. 숨 내쉬기를 할 때 내 몸 안에 있는 나쁜 기운과 탁한 에너지를 밖으로 내뿜거나 배출한다는 의식을 갖지 말고, 내가 가진 좋은 에너지를 다른 존재에게 나눠 준다는 마음으로 숨을 내쉬는 것이다.

물론 쉽지는 않다. 아무리 많은 것을 가졌다고 해도 나와는 무관한 타인에게 선뜻 내준다는 것이 일반적인 셈법과는 대치되는 방식이라 말처럼 쉬운 일은 아니다. 그래서 처음엔 단 1%라도 다른 존재를 위한 마음을 내 보는 것부터 시작해야 한다. 그런 마음을 낸다는 것 자체가 의미가 있기 때문이다. 남을 위한 봉사나 기부를 했는데 정작 내 가슴이 뿌듯하고 충만해지는 것과 같은 이치다. 그렇게 조금씩 조금씩 마음을 내기 시작하면 점점 더 쉬워진다.

내 안에 있는 생명의 빛과 사랑의 빛을 "휴우!" 하며 내쉬는 숨에 실어 다른 존재에게 나눠 주다 보면 어느 순간 내쉬는 숨의 질이 달라진다. 더욱 깊어진다. 그렇게 숨을 내쉬고 내쉬다 보면 온몸의 세포 안 부정적인 기운과 에너지가 서서히 정화된다. 사랑의 에너지, 사랑의 마음이 정화 작용을 하는 것이다. 모든 생명의 속성은 기본적으로 사랑이기 때문이다.

그들은 어떻게 걸었을까

-성자들에게서 배우는 걷기의 즐거움

　건물이라는 닫힌 구조에서 주로 생활하는 우리에게 야외에서 걷는 것은 열린 세계를 만날 수 있는 가장 손쉬운 방법이다. 육체를 가진 인간이 최소한의 노력으로 자연 그대로의 땅과 만나는 기본적인 행위이기도 하다.

　걷기는 우리의 몸과 마음을 열리게 한다. 아파트와 빌딩처럼 닫힌 공간에 있는 것과 탁 트인 야외의 열린 공간에 있을 때 우리 몸의 세포는 다르게 반응한다. 열린 공간을 만날 때 우리는 자유로움을 느낀다. 닫힌 공간에서는 자유로움을 느끼기가 쉽지 않다. 열린 공간에서 걸으면 온몸의 세포가 열리고 몸과 마음이 자유로워지면서 행복감을 느끼게 된다.

걷기는 또한 우리 몸을 건강하게 한다. 걸으면 몸의 기혈 순환이 원활해지고 소화도 잘된다. 스트레스가 많은 현대인이 안고 있는 건강상의 큰 문제 중 하나가 바로 소화 장애다. 걸으면 소화가 잘돼 뱃속이 편해지면서 자연스럽게 머리까지 편해진다. 몸의 기혈과 기운의 흐름으로 볼 때 배와 머리는 서로 밀접하게 연결돼 있기 때문이다. 걷기는 혈액순환을 잘되게 하고, 심장과 폐 등 몸속 장기의 움직임과 기능을 활성화해 몸 전체를 편안하게 한다.

사포리를 찾는 환자들에게 나는 걷기 처방을 자주 내린다. 실내가 아닌 야외에서, 그것도 가급적이면 산과 나무가 있는 자연 속에서 걷기의 참맛을 느껴 보라는 주문을 많이 한다. 그러나 팔꿈치를 90도로 구부려 앞뒤로 힘차게 흔들면서 빠르게 걷는 '파워 워킹(Power Walking)'은 권하지 않는다. 칼로리를 단시간에 소모해 살을 빼기 위한 다이어트나 성인병 예방을 위해 몸속 지방을 태워야 한다는 목적 지향적인 걷기보다는 걷는 것 그 자체의 즐거움에 흠뻑 빠지는 것이 좋다.

명백하고 뚜렷한 목적을 정해 놓는 것은 자기 스스로 한계를 두고 닫힌 구조에 들어가는 것과 같아 신선하고 건강한 기운이 나올 수 없다. 목적을 내려놓고 걸어야 한다. 아무런 목적 없이 걸어야 생기로워지고 충만한 에너지를 얻게 된다. 그렇게 걷다 보면 걷는 것의 참된 묘미를 만끽할 수 있다.

나는 걷는 것을 무척 좋아해서, 이사를 할 때마다 가장 먼저 하는 일이 집 주변에서 산책 길을 찾는 것이다. 사는 집도 중요하지만 늘 걸을 수 있는 산책 길도 그에 못지않게 중요하기 때문이다. 사포리에서 환자를 보고 퇴근하면 계룡산 인근 내가 '활주로'라고 이름 붙인 길을 거의 매일 걷는다. 활주로는 계룡산의 맑은 공기를 마시며 청정한 자연의 기운을 느낄 수 있고, 무엇보다 광활하게 탁 트여 있어 청량감을 주는 산책로다. 그래서 환자들과도 자주 걷는다. 활주로를 걷다가 몸과 마음 어딘가가 막혔던 것이 자신도 모르게 순간적으로 툭 하고 풀리거나 뚫리면서 병증이 호전되는 환자가 생기는 경우도 적지 않다.

걸으면서 우리는 자기를 온전하게 만날 수 있다. 우리의 시선과 관심은 늘 외부로만 향해 있어서 내면에 있는 진정한 자기 자신과 대면할 기회가 없다. 늘 그저 그렇게 어제와 별반 다르지 않은 하루가 지나고, 일주일, 한 달, 일 년…. 그렇게 속절없이 시간만 흐를 뿐 정작 세상 그 어떤 것보다 소중한 자기 자신과 만나지 못한다. 나는 누구인지, 내가 이 세상에 온 참된 의미는 무엇인지 찾지 못하고 어영부영 남들과 다름없이 살다가 세상을 떠나는 것이다.

흔히 건강을 잃으면 부와 명예도 소용없고 모든 것을 다 잃는다고 하는데, 진정한 자기 자신을 잃어버리고 만나지 못한다면 그보다 더욱 심각한 일이 없다. 걷기는 자기 자신을 쉽게 찾을 수 있게 하는 유용한 수단이다. 천천히 혼자서 걷다 보면 자기를 만날 수 있다. 제주도 올레 길이나 지리산 둘레 길을 걷다가 그동안 인식하지 못했던 자기 자신의 새로운 면모를 발견하고, 삶에 대한 가치관까지 크게 달라졌다는 얘기를 종종 듣는 것도 같은 맥락이다. 환자들에게 걷기 처방을 내리면서 내가 자주 하는 말이 있다.

"인류의 역사에서 어떤 분이 가장 아름답게 걸었을까요. 어떤 행위를 할 때 같은 행위를 했던 가장 아름다운 모델을 생각해 보는 것도 의미가 있습니다. 인류의 위대한 성자들은 어떻게 걸었을까요. 걸을 때마다 예수님은 또는 부처님은 어떻게 걸었을까를 그려 보세요. 그리고 그분들처럼 걸어 보세요.

길을 걸으면서 만약에 부처님이나 예수님이었다면 저 나무를 어떻게 바라봤을까. 저 멀리 있는 산은 어떻게 바라봤을까. 세상과는 어떻게 교감했을까. 그런 마음으로 걸어 보는 겁니다. 물론 처음엔 잘되지 않겠지만, 그런 마음을 내서 자꾸 걷다 보면 그동안 알지 못했던 새로운 에너지와 다른 기운을 느낄 수 있습니다. 마음 먹기가 중요한 것이죠. 예수님이나 부처님도 사람 몸을 갖고 이 땅에 와서 발을 디뎠으니 아마 걷는 것도 우리와 비슷했을 겁니다. 그러니 마음만이라도 그분들을 흉내 내 걸어 보자는 겁니다. 단 1%라도 그런 마음으로 걷다 보면 걷기의 차원이 달라집니다."

아이를 다시 자궁에 품어 보세요

-엄마 환자들을 위한 사랑 치유법

"다시 임신했다 생각하고 뱃속의 아이를 사랑으로 꼭 품어 보세요."

"예? 다시 임신하라고요?"

사포리를 찾는 여성 환자들, 그중에서도 아이를 키우고 있는 엄마 환자들에게 '사랑 치유법' 처방을 내릴 때마다 반복되는 대화다. 내 처방을 잘못 들으면 또다시 아이를 낳으라는 말로 들려 화들짝 놀라는 경우가 많다. 매일같이 아이와 전쟁 아닌 전쟁을 벌이고 있는 데다 아이를 더 낳을 형편도 아닌데 또 임신을 하라고 하니 어안이 벙벙해지는 것이다.

내가 처방하는 사랑 치유법은 지금 잘 크고 있는 아이를 다시 한 번 자궁에서 품어 보는 것이다. 실제로 임신한 것처럼 열 달간 뱃속에 아이를 품고 그 아이를 향해 지극한 사랑의 마음을 내는 것이다. 엄마의 자궁은 열 달 동안 아기를 실제로 품었던 기억을 고스란히 간직하고 있다. 그래서 조금만 마음을 먹어도 그 느낌이 다시 온다. 뱃속의 아이와 교감하며 느꼈던 그 행복감에 다시 빠져들 수 있다.

아이를 낳아 키우고 있는 엄마들은 가슴 한편에 아이에게 미안한 마음이 조금씩은 있다. 임신과 육아에 대해 미처 준비하지 못했거나, 충분히 대비했더라도 실제 현실로 겪어 보면 부족할 수밖에 없기 때문이다. 한 생명을 잉태하고 출산하는 그 경이로운 과정을 깊이 자각하며 숭고한 체험으로 받아들이지 못했다는 아쉬움도 있다. 자신이 좀 더 성숙한 사람이었다면 아이가 뱃속에 있는 동안이나 세상에 태어나 커 가는 동안 더욱 충만한 사랑으로 보듬을 수 있었는데 하는 후회를 하는 엄마 환자가 적지 않다.

나는 엄마 환자에게 사랑 치유법 처방을 내리면서 "아이에게 애프터서비스 하는 마음으로 다시 임신을 했다 생각하고 원 없이 사랑의 마음을 내 보세요."라고 농담을 섞어 얘기하며 실행해 볼 것을 권유한다.

생명을 잉태하는 그 미세한 씨앗에는 사랑의 입자가 들어 있다. 사랑은 존재의 본질이자 우주의 본질이어서 생명을 구성하는 입자에도 사랑의 빛과 파장으로 가득 차 있다. 그래서 몸이 아픈 환자가 사랑의 마음을 내고 사랑에 대한 의식을 갖는 것 자체만으로도 아픈 곳이 낫고 건강이 회복된다. 엄마가 자궁에 있는 아이를 사랑으로 품어 주면 엄마 몸을 구성하는 모든 세포가 사랑의 빛에 휩싸인다. 사랑의 파장이 울려 퍼지며 치유가 일어나는 것이다.

사랑의 마음을 내면 가장 먼저 내 세포가 그 파장을 느낀다. 내가 누군가를 향해 사랑하는 마음을 내면 내 몸의 세포들이 먼저 사랑으로 떨린다. 사랑의 파장이 울려 퍼지는 것이다. 엄마가 자궁 속에 아이가 있다고 생각하며 사랑을 주면, 아이에게 사랑을 주는 만큼 엄마 몸의 세포들이 사랑으로 떨린다.

이것은 미움이라는 감정에도 동일하게 적용된다. 내가 어떤 대상을 향해 미워하는 마음을 내면, 그 대상에 미움의 에너지가 전달되기 전에 내 몸의 세포들이 먼저 미움의 에너지에 휩싸인다. 미워하는 마음을 내면, 그 발원지인 내 몸의 세포들부터 먼저 미움으로 가득 채워지는 것이다. 그러니 남을 미워하는 것이 얼마나 자기에게 해악을 끼치는 것인지 알아야 한다. '남을 미워하는 것은 내가 독약을 먹고 남이 죽기를 바라는 것과 같다'는 말이 나온 것도 다 이런 이유 때문이다. 내 몸의 세포를 '사랑의

혼자 아파하는 사람들

가슴으로 하는 사랑은 감동이 있다.
머리로 하는 사랑보다 에너지의 밀도가 높고
그 울림도 깊다. 머리에서 하는 사랑이
'단파'라면 가슴에서 나오는 사랑은 '장파'다.

에너지'로 가득 채울지, '미움의 에너지'로 가득 메울지는 전적으로 자기 자신에 달려 있다.

우리는 사랑을 제대로 배우지 못했다. 제대로 된 의미의 사랑을 충분히 경험했다고 할 수도 없다. 표피적이고 가벼운 사랑, 거래적인 사랑에는 익숙하지만 한 존재가 또 다른 존재를 만나 하나로 융합돼 새로운 변형이 일어나는 연금술적인 사랑은 낯설다. 그래서 사랑도 배우고 연습을 해야 한다. 그런 의미에서 엄마는 자식을 통해서 사랑을 연습하고 경험해 볼 수 있다.

자식을 사랑하는 엄마의 본능적인 사랑의 에너지를 승화시키는 것이 바로 사랑 치유법이다. 모체의 중심인 자궁을 통한 사랑은 머리나 가슴에서 느껴지는 사랑과는 차원이 다르다. 마치 다른 세상에서의 사랑처럼 에너지가 확연히 다르다.

머리에서 하는 사랑은 믿을 수 없다. 생각이 바뀌면 얼마든지 달라질 수 있기 때문이다. 머리에서 나오는 에너지는 얕다. 내면 깊은 곳, 그 뿌리까지 사랑의 에너지가 닿지 않는다. 가슴으로 하는 사랑은 감동이 있다. 머리로 하는 사랑보다 에너지의 밀도가 높고 그 울림도 깊다. 머리에서 하는 사랑이 '단파'라면 가슴에서 나오는 사랑은 '장파'다.

자궁을 통한 사랑은 머리와 가슴과는 비교되지 않는 깊이와 아득함이 있다. 자궁 깊은 곳에서 사랑의 마음과 의식이 퍼지면

혼자 아파하는 사람들

아픈 상처는 물론이고 견고한 자아까지 녹아내린다. 단단한 쇠붙이가 용광로에서 흔적도 없이 사라지듯이 용해가 되는 것이다. 그래서 사랑 치유법은 그 어떤 치료 행위보다 강력하고, 그 어떤 건강법보다 효과가 뛰어나다.

5.
여행, 길 위에서의
행복한 치유

바이칼 호수에서 나를 찾다

그녀가 등장하는 사진을 보면 묘하게도 공통점이 있다. 사진 속에 같이 나오는 인물들이 모두 환하게 웃고 있는 것이다. 마치 웃음 바이러스라도 퍼뜨린 것처럼 사진 속에 그녀가 있으면 함께 한 다른 사람들의 얼굴에도 웃음꽃이 피어 있다.

40대 후반의 그녀는 늘 밝고 환한 웃음이 얼굴에서 떠나지 않는다. 지금은 음식 만드는 일을 하지만 한때 25인승 학원 버스를 몰며 아침부터 늦은 밤까지 쉴 새 없이 학생들을 태워 나를 정도로 억척이면서 부지런하다.

오래전 그녀가 사포리에 처음 왔을 때는 가슴속에 화가 잔뜩 차 있는 상태였다. 분명히 화를 내야 할 일이 자신에게 벌어졌는데 화가 나지 않고, 누군가 미워할 만한 일을 했는데 그 사람이 미워지지 않는다고 답답한 심정을 털어놨다. 그러다 보니 밖으로 분출되지 못한 화가 가슴속에 차곡차곡 쌓여 있었다. 그나마 가끔 사물놀이를 하는 모임에 나가 장구나 북을 치며 땀을 실컷 흘려 안에 있는 열불을 억지로 발산해 숨통만은 겨우 트여 있었다.

겉으로는 멀쩡해 보여도 언제 폭발할지 모르는 활화산을 안고 사는 셈이었다. 화가 쌓이게 된 배경에는 경제적인 문제뿐만 아니라, 당장에 어떻게 할 수 없는 요인들이 더 크게 자리 잡고 있었다. 그나마 성격 자체가 밝아 지금껏 잘 버텨 온 것이다. 그녀에게 우선 급한 것은 가슴 안에 있는 화를 가라앉히는 것이었다. 그래야만 숨을 좀 더 편하게 쉬고 외부적인 요인에 흔들리지 않는 내면의 힘을 키울 수 있기 때문이다.

나는 그녀 가슴속의 열불을 식히기 위해 '바람'을 처방으로 제시했다. 인공적인 바람이 아니라 자연에서 불어오는 시원한 바람을 맞아 보라고 했다. 여행을 떠나 자연의 바람을 자주 쐬고 오라고 주문한 것이다.

그녀는 다행스럽게 낯선 곳을 찾아 떠나는 여행을 좋아해서 처방을 받은 후 틈만 나면 일행을 모아 길을 떠났다. 쭉 뻗은 도로를 타고 널따란 평원을 가로지르는 드라이브 여행을 했고, 산

속 암자와 천주교 성지와 같은 종교적인 분위기에 빠져들 수 있
는 곳도 종종 찾았다. 사포리에서 치유 여행을 떠날 때도 빠지지
않았다.

그녀는 여행지에서도 부지런했다. 선발대를 자청해 숙소에
먼저 도착해서 음식을 미리 만들어 놓기도 했고, 누군가 해야 할
일이 있으면 자청해서 그 일을 도맡기도 했다. 그녀는 여행을 하
면서 자연 그대로의 바람을 만났고, 그럴 때마다 가슴이 열렸다.
그렇게 열린 가슴은 화가 분출되는 통로가 됐다. 숨만 겨우 쉴
수 있을 정도의 공간만 남겨 놓고 가슴속을 메웠던 화는 그렇게
자연의 바람이 만들어 준 출구를 통해 서서히 빠져나갔다.

사포리의 자연도 그녀 내면의 화를 식히는 데 많은 도움이 됐
다. 이른 새벽이나 늦은 밤이라도 가슴이 꽉 막힌 듯 답답하거나
이유 없이 심란할 때는 사포리로 차를 몰고 와 가만히 앉아 너
른 들판을 바라봤다. 그렇게 한동안 허허로운 사포리의 풍경과
대면하고 있으면 마음이 편하게 가라앉았다. 소박하고 한적한
사포리의 자연과 교감이 일어, 풍경화를 바라만 보던 관람객이
어느 순간 그 풍경에 직접 등장하는 소품이 되는 것이다. 그러다
보면 한층 더 깊어진 고요함이 찾아왔다.

잘 꾸며진 공원을 보면 아름답다는 생각은 들지만, 그 여운은
길지 않다. 자연 그대로의 느낌이 없기 때문이다. 자연 그대로의

다른 사람의 시선과 잣대로 평가하지 말고
세상에서 유일무이한 자신의 존재성을
그 자체로 오롯이 느껴 보자.
어떤 가치를 계산하는 것이 아니라
그저 '존재'해 보기.

모습을 접해야 여운이 깊고 오래간다. 인간의 손이 닿지 않는 자연과 만나면 순간적으로 가슴이 확 열린다. 그럴 때 온몸의 세포가 깨어나고 각성의 에너지가, 치유의 에너지가 용솟음치는 것이다.

2015년 여름, 그녀를 비롯해 모두 16명이 바이칼 호수를 찾아 여행을 떠났다. 우리 일행은 첫 기착지로 러시아 블라디보스토크를 선택했다. 그곳에서 우리는 하룻밤을 묵고 시베리아 횡단 열차에 나흘 간 몸을 싣고 바이칼 호수로 들어가는 관문인 이르쿠츠크로 이동했다. 거기서 버스를 이용해 바이칼 호수에서 가장 큰 섬인 알혼 섬으로 들어갔다.

바이칼 호수까지 빠르게 가기 위해서는 국내에서 이르쿠츠크까지 운행하는 항공편을 이용하면 되지만, 우리는 일부러 시베리아 횡단 열차를 타고 가는 완행 노선을 선택했다. 바이칼 호수를 제대로, 깊게 만나기 위해서는 가슴을 예열하는 준비 기간이 필요했기 때문이었다.

차창 밖으로 그 끝을 알 수 없는 광활한 시베리아 대평원이 펼쳐지는 풍광을 동이 트는 새벽부터 캄캄한 어둠이 내려앉는 늦은 저녁까지 온종일 바라보면서 현지 기운과 분위기에 조금씩 녹아 들어갔다. 그러면서 살아가기 위해 자신도 모르게, 혹은 알면서도 어쩔 수 없이 겹겹이 걸쳐야만 했던 거추장스러운 세상의 옷들을 하나씩 하나씩 벗어 놓고 자신에게 맞는 편안한 옷으로 갈아입는 여유도 가졌다. 영성의 호수인 바이칼과 만나기 위한 내면의 준비가 차근차근 진행된 셈이다.

바이칼 호수는 참 특별했다. 호수의 상징과도 같은 부르한 (Burkhan) 바위 주변에는 세계 각지에서 온 순례객들이 자리를 잡고 앉아 눈을 감은 채 명상에 빠져드는가 하면, 더운 날씨를 피해 이가 시릴 정도로 차가운 호수 물에 몸을 담그러 온 피서객들도 있었다. 세계에서 가장 강력한 영적 에너지를 발산한다고 하는 부르한 바위를 마주 보는 언덕에서는 전통적인 복장을 한 샤먼들이 의식을 치르는 모습도 볼 수 있었다.

해질녘, 위로부터 바이칼 호수를 감싸고 있는 두꺼운 구름층과 노을빛이 어우러지면서 부르한 바위가 붉게 물들어 가는 순간, 지상의 세계를 떠나 마치 피안의 세계에 온 것 같은 기분이 들었다. 신들의 영토에 온 것 같은 경건함에 온몸에 떨림이 일어날 정도였다. 그 성스런 공간과 기운이 연출하는 빛과 색감은 우리의 내면을 뒤흔들어 놓았다.

바이칼 호수에서 보낸 일정 중 클라이맥스는 호수 깊은 곳까지 배를 타고 들어갔을 때였다. 아침 일찍 배를 타고 들어가 오후 늦게까지 이동하면서 호수의 가장 깊은 곳, 그 중핵과 만났기 때문이다. 물론 그곳은 지리적인 위치로 표시되는 물리적인 차원의 중심은 아니다. 2500만 년 전 바이칼 호수가 형성된 그 아득한 시간과 수심 1700m가 넘는 한없이 깊은 침잠의 세계, 아주 오래전 하늘과 땅을 숭배했던 바이칼 샤먼의 영적인 전통까지 모두 아우르는 핵심부를 말한다. 그곳에 머무는 동안 잔잔한 수면의 고요와 충만한 영적 기운이 모두의 가슴으로 순일하게 흘러들어 왔다.

그날 배 위에서 그녀 마음에 꿈틀댐이 일어났다. 바이칼 호수에 있는 여러 바위 가운데 마치 노인의 얼굴처럼 생긴 한 바위를 보는 순간 가슴 깊은 곳에서 커다란 울림이 일어난 것이다. 그 바위는 남녀 노인이 서로 얼굴을 맞댄 채 편안하게 서 있는 것처럼 보이는데, 중앙에 금이 가 있어 둘로 나뉜 것 같으면서도 하나로 통합된 것처럼 보였다.

그 바위에 자꾸 눈길이 가서 쳐다보고 있는데 누군가 손을 쑥 내밀어 자신의 손을 따스하게 잡아 주는 것 같았다. 마치 바위 속 할아버지와 할머니가 귀여운 손녀의 손을 사랑스럽게 쓰다듬듯이. 그 느낌이 굉장히 좋아서 언뜻 주위를 둘러봤는데, 일행 중 누구도 그녀처럼 느끼고 있지는 않는 것 같았다. 그래서 더욱 기뻤다. 그런데 갑자기 의아한 생각이 들었다.

'왜 내 손을 잡아 줄까? 나는 그닥 특별하지도 않은데…'

그러다가 순간적인 각성이 일어났다. 초월적인 존재라고도 표현할 수 있는 그 누군가가 자신의 손을 따스하게 잡아 준 것은 특별한 이유나 배경이 있어서가 아니라는 것을 알게 된 것이다. 그저 자신의 존재, 그 자체만을 위해 보이지 않는 곳에서 손을 내밀어 잡아 줬다는 것을 깨달은 것이다. 꼭 어떤 행동을 하고 어떤 모습을 해야만 우주적인 존재가 사랑으로 나를 만나 주는 것이 아니라, 그냥 존재하는 것만으로도 이미 사랑의 끈으로 깊게 연결돼 있다는 것을 알게 된 것이다.

그녀는 밝은 성격에 늘 웃는 낯으로 사람을 대하면서 긍정 에너지를 선사했지만, 사실 속으로는 '나는 그다지 예쁘지도 않고, 열심히 일해도 제대로 인정도 못 받고, 다른 사람들과 비교하면 부족한 것이 너무 많다'라고 열등의식을 느끼고 있었다. 그런데 한순간에 열등감이 확 깨져 버린 것이다. 바이칼의 영적인 기운이 사람 얼굴 모습을 한 바위라는 특정 대상을 빌려 그녀 내면의 인식을 완전히 뒤집는 '코페르니쿠스적인 전환'을 일으킨 것이다.

"원장님, 전 원래부터 충분한 사랑을 받아 왔다는 것을 이제야 알았어요. 그걸 여태 몰라 남들에게 사랑을 받고 인정을 얻기 위해 헛된 노력을 했어요. 내가 부족한 점을 들키지 않도록 과도하게 신경을 썼고, 남들보다 두세 배 더 일하면서 안간힘을 써

혼자 아파하는 사람들

왔던 거예요. 그런데 더는 그럴 필요가 없다는 것을 알겠어요. 앞으로는 있는 그대로 제 본래 모습대로 살아갈래요. 더 이상 다른 사람 눈치를 보거나 남들이 하는 얘기에 흔들리지 않을 거예요. 내가 보고 싶은 대로 보고, 느끼고 싶은 대로 느끼고, 솔직하게 표현하며 살아갈래요."

그녀가 울먹이며 말했다.

세도나 벌판에 홀로 서다

그가 처음 사포리 진료실을 찾았을 때 무슨 이유에서인지 모르겠지만, 인디언 주술사가 퍼뜩 떠올랐다. 상처를 입거나 병이 든 사람들을 치료하고, 자연 속 '위대한 정령'의 메시지를 부족에게 전달하는 인디언 주술사 말이다.

그는 60대 초반으로 공직에서 물러나 상담 심리학을 공부하며 마음과 정신의 세계를 탐구하고 있다고 자신을 소개했다. 자식들도 다 성장해 가장으로서 짊어져야 할 의무에서 벗어났고, 정부 중앙 부처 공무원으로 성실하게 근무하다가 정년퇴직해 사회적인 책임감도 완수했으며, 부인이 교직에 있어 경제적인 상황도 양호하다는 설명도 곁들여졌다. 인생 2막을 맞아 홀가분하게 오랜 기간 관심을 가졌던 분야를 집중적으로 파고들 수 있는 여건이 갖춰진 셈이다.

그런데도 이상하리만치 몸에서 힘이 나지 않아 어려움을 겪고 있었다. 나이가 있어 몸 이곳저곳이 조금씩 불편해지고는 있지만, 그렇다고 특별히 아픈 곳도 없는데 몸의 기운이 축 처져 있다는 것이다. 그래서 몸 전체에 활력을 불어넣는 치료를 받기 위해 사포리를 찾은 것이다.

그를 진료해 보니 실제로 기운이 바닥 수준이었다. 몸 안에 배터리가 있다면 거의 방전 수준이나 다름없었다. 설사 방전이 됐더라도 정상적인 배터리라면 충전을 통해 다시 채워지는데 그의 배터리는 재충전이 쉽게 되지 않는 것 같았다.

인생 전반기를 '사회적 자기'로 살면서 자신에게 부과된 의무와 책임감을 모두 완수하고, 인생 후반기를 맞아 '진정한 자기'로 살고자 오래전부터 마음속에 품고만 있었던 정신의 세계를 찾아 나섰는데, 정작 힘이 달려 활동하는 데 제약을 받고 있는 그를 보니 안타까움이 밀려왔다. 아무래도 그가 역동적인 모습으로 인생 2막을 펼쳐 나가기 위해서는 많은 시간이 필요할 것 같았다. 의사로서 그를 돕고 싶은 마음이 간절해 꾸준히 치료를 받을 것을 권유했다.

"선생님은 몸의 에너지가 많이 부족해 보입니다. 여러 가지 이유가 있을 텐데, 아무래도 단기간에 치료될 수 있을 것 같지는 않습니다. 인내심을 갖고 꾸준하게 치료를 받으셔야겠습니다."

그날 그는 침 치료를 받고 사포리의 분위기와 자신이 잘 맞는 것 같다며 흡족해했다.

이후 그는 시간이 날 때마다 사포리를 찾아왔다. 그와 자주 얘기를 나누고 원기를 북돋워 주는 치료를 하면서 몸에서 기운이 솟아나지 않는 근본적인 원인을 찾아갔다. 어느 정도 시간이 지나면서 손에 잡히는 것이 있었다.

그는 타고난 기질이 선하고 순한 전형적인 모범생이었다. 이른바 '바른 생활 사나이'였던 것이다. 평생을 주변에서 원하는 기대치에 맞춰 순응하는 삶을 살아왔다. 대학과 전공을 선택한 것도, 공직에 몸을 담게 된 것도 자신의 의지라기보다는 가족이 원했거나 주변의 권유나 요구에 따른 것이었다. 공직에 있을 때도 공직자로서의 의무감과 조직에서 원하는 방향에 맞춰 한눈 팔지 않고 성실한 자세로 일했다.

그는 은퇴하고 나서야 비로소 자신만의 온전한 판단으로 영적인 가치를 추구하는 여정을 선택했다. 하지만 몸이 받쳐 주지 않고 있는 것이다. 주변에서 원하는 방향으로 그 기대치에 부응하기 위해 살아갈 때는 어떻게든지 힘을 내 달려갔는데, 정작 자신이 방향을 선택해 움직이려고 하는데 힘이 나오지 않고 있었다. 너무나 오랫동안 타율적인 삶을 살면서 그 방식에 익숙하고 길들여져 자율적인 판단과 선택에 따라 움직이려고 하니 오히려 몸 안에서 에너지가 나오지 않는 것 같았다.

꾸준하게 치료를 받으면서 차츰 기운을 회복해 나갔는데, 사포리에 자주 오게 되면서 다른 환자들과도 스스럼없이 지내게 되었다. 함께 식사하거나 여행을 갈 때면 그가 언제나 최고령자였지만, 남을 배려하는 친절함과 자상함이 몸에 배어 있어 잘 어울렸다. 의사와 환자 사이를 넘어 나하고도 친한 관계가 됐다. 진료실 밖에서도 많은 시간 얘기를 나누고 여행을 같이했다. 그러면서 그의 내면에 잠재한 핵심 감정을 짚어 낼 수 있었다.

그건 다름 아닌 '결핍'이었다. 그는 어린 시절 할머니 집에서 자랐다. 집안 형편도 어려운 데다 아버지가 군인이셔서 이사를 자주 다녀야만 해 맏아들인 그를 친가에 맡겨 놓았다. 젖먹이 어린 동생들보다 조금 더 컸다는 이유로 그만 홀로 가족과 떨어져 산 것이다. 가끔 부모님이 그를 보러 친가에 올 때면 그날은 세상에서 가장 행복한 날이었다. 엄마의 따스한 가슴이 그리웠던 아들은 밤새도록 엄마 품을 떠나지 못했다. 잠깐이나마 그토록 보고 싶어 했던 엄마와 단꿈 같은 시간을 보내고 나면, 엄마는 또다시 아버지와 함께 먼 길을 떠났다. 그럴 때마다 그는 먼발치에서 엄마의 뒷모습을 보며 눈물만 훔쳤다. '엄마, 제발 부탁인데 저도 데려가 주세요'라고 수백 번도 넘게 속으로만 외치면 서….

하지만 어른 말을 잘 듣는 착한 아이였던 그는 단 한 번도 그런 말을 뱉어 내지 못했다. 설사 얘기한다고 해도 집안 형편상 들어줄 리 만무했고, 너무 일찍 철이 들어 어른들께 심려를 끼치고 싶지 않은 심리도 작용한 것이다.

"엄마가 보이지 않을 때까지 그저 멀리서 바라만 보고 있었어요."

마치 어린 시절로 돌아간 듯한 표정으로 이 말을 할 때 그의 내면의 빈 공간이 느껴졌다. 엄마의 사랑을, 엄마의 젖을 그리워하며 애달파하는 어린아이의 심정이 그대로 배어 나왔다. 그에게는 인생을 살아 나가는 데 있어 가장 든든한 보호막인 엄마의 사랑, 엄마의 젖이 턱없이 부족했던 것이다.

이 세상에서 오직 엄마만이 줄 수 있는 그 따스하면서 포근한 사랑을 받는 것도 '골든 타임'이 있다. 그 시기가 지나면 아무리 채우려고 해도 절대 채워지지 않는다. 어쩌면 그는 어린 시절에 엄마가 보고 싶다고, 같이 살고 싶다며 떼를 쓰거나 울고불고 난리를 쳐야 했는지도 모른다. 비록 버릇없는 아이라고 꾸지람을 듣거나 손가락질을 받더라도 자신이 하고 싶은 대로, 자신의 욕구를 충실하게 표현했더라면 어땠을까. 좁은 집에서 동생들과

복닥대며 살며 먹을 것과 입을 것은 부족했겠지만 적어도 지금 과는 전혀 다른 모습으로 살아가고 있을 것이다.

그는 기운을 조금씩 회복하기는 했지만, 속도는 더뎠다. 장작 불이 활활 타오르게 하려고 불을 지피면 잠시 불이 붙는가 싶다 가도 이내 스러져 버리는 상황이 되풀이되고 있었다. 외적인 요 인만으로는 화력을 일으키는 데 한계가 있어 다른 방법을 찾아 야 했다.

마침 사포리에서 치료를 받고 있거나 여행을 같이 다니는 등 이런저런 인연을 맺고 있는 분들과 미국으로 치유 여행을 떠나 게 되었다. 그도 여행길에 동참했다. 우리는 직접 차를 몰고 모 하비 사막과 세도나, 산타페, 그랜드캐니언 등지를 여행했다.

세도나에 막 도착했을 때 일이다. 붉은색 땅과 바위산으로 둘 러싸인 세도나는 원래 인디언의 땅으로 아파치와 나바호 부족 의 성지였다. 미국에는 세도나가 영험한 분위기를 풍기면서도 따뜻하고 편안하게 품어 주는 듯한 느낌을 준다고 해서, '신은 그랜드캐니언을 만들었지만, 정작 신이 사는 곳은 세도나'라는 말이 있다고 한다. 우리 일행은 해 질 무렵에 세도나에 도착했는 데 그곳의 장엄한 노을은 우리를 새로운 세계로 안내했다. 원래 붉은색 산과 바위가 일품인 세도나는 마치 땅과 바위에 불이라 도 옮겨 붙은 듯 온통 붉은빛으로 물들어 가고 있었다.

자신에게 주어진 신성한 임무를 찾고자 하는 욕망은
자기에 대한 앎에서 시작된다.

우리는 차에서 내려 한곳에 자리를 잡고 온 천지가 시시각각 붉게 물들어 가는 모습을 바라봤다. 순간 나는 자동차 문을 활짝 열고 미리 준비해 간 '더 인디언 로드(The Indian Road)' 음반을 틀었다. 인디언의 땅에 정통 인디언 음악이 울려 퍼졌다. 신비로운 음색의 인디언 플루트가 허공에서 움직이듯 태곳적부터 이어지고 있는 웅대한 자연의 소리를 음악으로 변환해 들려주고, 원초적인 타악기가 리듬을 타면서 모두의 가슴속에 파동을 일으켰다.

특히 일행 중 최고령자였던 그는 감응의 강도가 남달라 보였다. 나는 이때다 싶어 그에게 다가가 오랫동안 간직하고 있었던 인디언 주술사 얘기를 꺼냈다. 그를 처음 만났을 때 인디언 주술사 이미지가 스쳐 갔던 기억이 생생하게 떠올랐기 때문이다. 그의 영적인 여정에 힘을 불어넣어 줄 최적의 타이밍이 온 것이다.

"선생님은 아마도 전생에 인디언 주술사였을지도 모릅니다. 인디언 주술사는 부족민에게 영적인 의미와 가치를 알려 주며 살았다고 합니다. 그들은 자기 부족과 일정한 거리를 둔 채 들판에서 홀로 살았습니다. 선생님도 앞으로의 남은 인생을 인디언 주술사라고 생각하며 세상적인 가치가 아닌 영적인 것에 의미를 두고 살아가 보세요."

그는 가만히 눈을 감고 한동안 생각에 잠기더니 초원으로 발걸음을 옮겼다. 그러더니 일행과 어느 정도 떨어진 곳에 이르자 천천히 원을 그리기 시작했다. 고개를 연신 끄덕이며 같은 자리를 계속해서 돌며 원을 그렸다. 멀리서 바라보니 마치 오랜 옛날 실제 이 땅에서 살았던 인디언 주술사가 성스러운 의식을 치르고 있는 것 같았다.

자연과 우주의 거룩한 메시지를 부족에게 전달해야 하는 인디언 주술사는 몸이 아프거나 약해지면 스스로 몸을 치유해 가면서 자신에게 맡겨진 신성한 소임을 다했다. 나는 그가 자신에게 영적인 사명감이 부여됐다는 것을 자각하고 자신의 치유 에너지를 통해 기력을 회복해 다음 여정을 힘차게 밟아 나가기를 가슴속으로 기도했다. 인디언의 성지에 깃든 위대한 정령을 떠올리며 그의 마음의 불이 활활 타오르게 해 달라고 빌었다.

그날 밤 우리는 세도나의 골짜기를 다시 찾았다. 영적인 성장과 자연과의 합일을 삶의 기본으로 삼았던 인디언의 정신을 더 깊게, 더 풍부하게 느끼기 위해서였다. 낮에 미리 눈여겨봤던 장소에 도착하자 나는 일행 모두에게 말했다.

"지금부터 각자 흩어져서 자리를 잡으세요. 다른 분이 내는 소리나 느낌이 전해지지 않도록 충분한 거리를 둬야 합니다. 거기에 앉으셔도 되고, 편하게 누우셔도 됩니다. 그리고 아주 오래전 장엄한 대자연과 하나가 되어 넘치는 생명력과 자유로움을

혼자 아파하는 사람들

누렸던 인디언의 정신을 온몸으로 느껴 보세요. 살아 있는 모든 생명에는 불멸의 영혼이 있음을 알았고, 영적인 성장을 삶의 기본으로 삼으며, 감사하는 마음으로 매일같이 기도하며 자연이라는 위대한 신비 앞에서 한없이 겸손했던 인디언의 영성을 가슴 깊은 곳에서 만나 보세요."

어둠이 짙게 깔린 그곳에서 저마다 자리를 잡기 위해 움직였다. 나도 적당한 곳을 찾아 편한 자세로 앉아 눈을 감았다. 깊은 고요함 속에서 '예웨노데'란 이름을 가진 인디언이 전한 가르침이 떠올랐다. '예웨노데'는 '목소리가 바람을 타고 달리는 여인'이라는 뜻이다.

> 자신에게 주어진 신성한 임무를 찾고자 하는 욕망은
> 자기에 대한 앎에서 시작한다.
> 자신의 몸과 마음을 단련하는 것은 그 열쇠고
> 자기를 다스리는 것은 그 길이며
> 자신에게 주어진 신성한 임무를 실현하는 것은 그 목적이다.
> (『지금은 자연과 대화할 때』, 열린책들)

아프리카에서 만난 '우리가 잃어버린 것들'

　그가 환자로 왔는지 아님 환자의 보호자로 사포리에 왔는지는 정확하게 기억이 나지 않는다. 진료실 널따란 통유리를 통해 보이는 사포리의 들녘을 선 채로 한참 바라보던 그가 혼잣말로 중얼거렸다.

　"아프리카 세렝게티 초원을 보는 것 같네."

　그 순간 그가 왜 아프리카 탄자니아에 있는 세렝게티 국립공원을 떠올렸는지 궁금증이 일었지만 다른 환자를 보느라 이내 잊어버렸다. 이 말이 계기가 되었는지, 그로부터 6개월 후 나는 아프리카로 떠나는 비행기에 몸을 실었다. 비행기에 오르자마자 불현듯 사포리 들판을 보면서 세렝게티 초원을 떠올린 누군

196　　　　　　　　　　　　　　　　　　　혼자 아파하는 사람들

가가 있었다는 것이 생각났다.

내가 아프리카로 떠난 이유는 현생 인류의 기원을 찾아보고 싶었기 때문이다. 지구별에서 지구인의 몸을 갖고 태어난 이상 최초의 인류가 등장했던 곳을 한번은 찾아가 봐야 할 것 같았다. 그래서 2012년 여름 케냐와 탄자니아, 잠비아, 짐바브웨, 보츠와나, 나미비아, 남아프리카공화국까지 둘러보는 일정을 짜서 길을 떠났다. 마사이 마라 국립 야생동물 보호구역을 시작으로 한 여정은 킬리만자로 공원과 잔지바르 섬, 빅토리아 폭포와 오고방가 삼각주, 나미비아의 황톳빛 사막을 거쳐 아프리카 대륙 최남단의 희망봉까지 이어졌다.

아프리카는 기대 이상으로 매력적인 곳이었다. 그곳에서는 원초적인 생명력을 확연하게 느낄 수 있었다. 물질문명화된 현대사회에서 더는 찾아볼 수 없는 인간의 본래 모습, 그 원형이 거기 남아 있었다. 문명화가 진행되면서 이제는 그 원래 형태조차 알 수 없이 변질되어 버린 인간 고유의 모습 말이다.

도시권을 벗어나 초원으로 들어가면 아직도 먼 옛날부터 이어져 온 삶의 방식이 그대로 유지되고 있었다. 그곳의 원주민들은 전기와 같은 문명의 혜택은 고사하고, 체계적인 교육도 받지 못하고 있었다. 그들의 생활상을 보면 얼기설기 나무로 엮어 만든 집에서 사냥과 채집을 하며 살았던 인류의 먼 조상이 살던 모습과 큰 차이가 없는 것 같았다.

우리는 어떻게든 외부에서 많은 것을 받아들이고 얻어 내기 위해 분투하면서 정작 내부에 있는 소중한 보석을 어느 순간 놓쳐 버렸다. 인간의 영혼과 정신이라고 말할 수 있는 '소울(Soul)'이 사라져 버린 것이다. 마치 농작물의 수확량을 늘리고 병충해에도 버틸 수 있게 하려고 종자(種子) 개량을 수없이 하다가 원종자를 잃어버린 것처럼 말이다.

원주민들이 춤을 추거나 노래를 하는 것을 보면 인간의 원형을 더욱 분명하게 느낄 수 있다. 문명인들은 춤을 출 때 머리로 자기의 동작을 만든다. 하지만 초원에 사는 원주민들은 내면에서 흘러나오는 에너지의 흐름에 따라 춤을 춘다. 우리 안에 내재해 있는 그 원초적인 에너지가 움직임으로 표현돼 역동적인 생명력이 느껴진다. 표면적으로, 생각만으로 표현하는 문명인과의 춤과는 느낌 자체가 다르다. 노래도 마찬가지여서, 본래부터 가지고 있는 에너지로 노래하는 것과 인위적으로 꾸민 문명인의 노래는 확실한 차이가 느껴진다.

아프리카의 그 원초적인 역동성은 인간의 정신과 마음을 다루는 심리학에도 지대한 영향을 미쳤다. 분석심리학을 창시한 카를 구스타프 융은 아프리카 여행을 토대로 자신만의 심리학 이론을 정립하고 발전시켰다. 그 유명한 '집단 무의식' 개념도

꾸미거나 계산하지 않고 감추거나 애써 드러내지도 않는
'있는 그대로'의 인간의 모습. 문명인이 잃어버린
본래 뿌리인 그 원초성을 나는 아프리카에서 보았다.

아프리카에서 겪은 체험을 통해 체계를 확립했다.

국내에서도 워크숍이 활발하게 열리고 있는 '가족 세우기'라는 심리 치료법도 아프리카 부족의 풍습에서 영감을 받아 탄생했다. 버트 헬링거라는 독일 사람이 선교 활동을 위해 아프리카에 머무는 동안 현지의 줄루 족 풍습을 오랫동안 관찰한 것을 바탕으로 새로운 심리 치료법인 '가족 세우기'를 창안한 것이다.

'가족 세우기'는 누구도 홀로 떨어진 섬일 수 없으며 개인은 공동체의 일부분이라는 인식을 바탕으로 한다. 한 개인에게서 나타나는 문제는 그가 속한 가족 내의 불균형과 갈등에서 비롯한 것으로 보고 거기에서 해결책을 찾는 심리 치료법이다.

아프리카는 또한 예술가에게도 창조의 원천이자 보고(寶庫)다. 파블로 피카소의 대표작 중 하나인 〈아비뇽의 처녀들〉은 미술사에서 최초의 입체주의 작품으로 꼽히는데 아프리카의 토속적인 조각품에서 모티프를 얻었다고 한다. 강렬한 색채감을 선보이며 앙리 마티즈가 대표적인 작가였던 미술사조인 야수파(fauvism)도 원시적인 아프리카의 조형미에서 영감을 받았다.

나는 아프리카를 만나고 느끼면서 원초적이라는 것에 대해서 깊은 자각을 하게 됐다. 지구별에서 아주 오래된 땅인 티베트와 인도, 네팔에서도 아프리카와 같은 원초적인 느낌은 들지 않았다. 각각의 땅과 공간마다 다른 에너지가 느껴지는데 아프리카는 원초적이라는 말로밖에 설명되지 않는다. 문명인이 잃어버린 본래 뿌리인 그 원초적인 것 말이다.

사포리의 진료실 한쪽 벽에는 아프리카 여행길에서 사 온 그림 한 점이 걸려 있다. 아프리카 토착 부족의 전통 복장을 한 젊은 흑인 여인의 상반신 누드화다. 정면을 가만히 응시하고 있는 그림 속 여인의 모습은 인위적인 것이 일체 배제된 자연 그 자체다. 꾸미거나 계산하지 않고 감추거나 애써 드러내지도 않는 '있는 그대로'의 인간의 모습 말이다. 똑똑한 척, 영리한 척하지만 원형을 잃어버린 채 실제로는 자기 자신에게 속아 무거운 짐을 평생 지고 가는 문명인들에게 전하고 싶은 메시지를 거기서 발견한다.

그리운 땅 티베트

우리가 살고 있는 세계가 '실재'가 아니라 '허상의 세계'가 아닐까 하는 의문은 오랫동안 나를 떠나지 않았다. 공상 과학의 영역에 머물다 어느덧 우리 생활로 들어온 '가상현실(Virtual Reality)'처럼 '가상의 세계', '허상의 세계'에 살고 있으면서 '실재의 세계'로 착각을 하는 것은 아닌지 말이다.

나는 세상의 본질은 무엇인지, 우리 자신의 본질은 무엇인지 알고 싶었다. 그러다가 티베트를 알게 되면서, 그 땅을 밟고 그 땅의 기운을 체험하고 느끼게 되면서 우리가 살고 있는 이 세상이 '가치를 매기고 판단하는 세계'와 '존재 그 자체의 세계'로 나뉘어 있다는 것을 알게 됐다.

혼자 아파하는 사람들

티베트에 단 한 번이라도 가 본 적이 있는 사람은 '지구상에는 단 두 개의 나라만 있다'고 말한다. '티베트'와 '티베트가 아닌 나라' 말이다. 그만큼 티베트는 다른 여행지에서는 느껴 볼 수 없는 독특한 매력이 넘치는 땅이다. 그동안 세 번에 걸쳐 티베트를 여행했지만, 아직도 그 땅에 대한 원초적인 그리움은 여전하다. 거칠어 보이면서도 신비스럽고, 원초적이지만 아름다운, 그 묘한 느낌이란….

풀 한 포기조차 제대로 자라기 힘들어 보이는 척박한 자연환경과 해발 3000m가 넘는 험난한 고원지대를 마주하다 보면 내 안에 있는 모든 것이 한순간에 텅 비워져 버린다. 텅 빈 순수함만이 남아 원초적인 본질에 가닿게 된다. '가치'가 적용될 여지가 전혀 없는 '존재 그 자체의 세계'에 빠져드는 것이다.

갓 태어난 아기는 그저 아기라는 존재만으로도 온전하게 인정을 받는다. 아기의 국적이 어디인지, 부모가 부자인지 가난한지와는 상관없이 그 존재만으로 모든 것이 받아들여진다. 그런데 아기가 자라서 3~4살이 되면 '가치'가 적용되기 시작한다. '가치'가 매겨지는 것이다. 아이의 성장 속도가 빠른지 느린지, 언어 습득 능력과 이해력의 정도는 어떤지, 발달 과정에 대한 평가가 이뤄지며 또래의 다른 아이와 비교도 한다. '존재' 그 자체로 보는 것이 아니라 '가치'적인 판단이 개입되는 것이다.

나는 티베트를 알게 되면서,
우리가 살고 있는 이 세상이
'가치를 매기고 판단하는 세계'와
'존재 그 자체의 세계'로 나뉘어 있다는 것을 알게 됐다.

우리는 '존재' 그 자체로 인정받으며 성장하는 것이 아니라 평가하고 비교하는 시선에 길들여지며 어른이 된다. 온전한 '존재' 그 자체로 바라봐 주는 시선을 만나지 못하고 끊임없이 분별하는 시선에 갇혀 살고 있다. '존재'의 본질이 무엇인지 까맣게 잊어버린 채 '가치의 삶'만이 전부인 양 평생을 살아간다. '가치'에 갇혀 '가치의 세계'에서 끊임없이 허우적대며 살고 있는 것이다. 결국 죽음에 임박해서야 비로소 '가치'의 무용성과 허망함을 뚜렷하게 보게 된다. 여태껏 '존재'의 본질을 놓치고 살아왔다는 것을 뼈저리게 후회하게 된다. "아, 이게 아닌데…. 이렇게 사는 게 아니었는데…." 뒤늦은 탄식을 하게 되는 것이다.

티베트는 '가치적인 삶'이 허상이라는 것을 명확하게 일깨워 준다. 원초적이면서 강렬하게 존재에 대한 자각을 불러일으킨다. '존재 그 자체의 삶'을 회복시켜 준다. 그래서 티베트는 늘 가슴 저미도록 그리운 땅이다.

자비의 스승 티장 린포체

우리나라에 전통 의학인 한의학이 있는 것처럼 티베트에도 고유한 전통 의학인 장의학(藏醫學)이 있다. 나는 티베트로 여행을 갈 때마다 현지 의사들을 찾아 진찰하는 과정을 옆에서 지켜보기도 했고, 직접 진찰도 받아 봤다. 환자를 치료하는 의사 입장에서 티베트의 전통 의학에 대해서 궁금한 것이 많았기 때문이다.

티베트 의사들은 환자가 오면 진찰을 하고 병세에 따라 천연 약초로 약을 지어 준다. 그런데 내 눈에 다소 특이한 점이 들어왔다. 우리나라 한의사는 약을 지을 때 특정 질환과 병세에 따른 원처방을 기본으로 환자의 상황과 특성을 고려해 처방 내역에서 일부를 조정한다. 원처방에는 없지만, 환자 치료에 도움이 된다고 판단되면 새로운 약재를 넣거나 기존 약재를 빼는 등 약간의 조정을 하는 것이다. 그런데 티베트 의사들은 오래전부터 전해 내려오는 원처방법을 그대로 쓰고 있었다.

티베트처럼 황량하고 척박한 땅에서는 곡식이 조금이라도 생기면 어떻게 해서든지 끝까지 지켜 내야 살아갈 수 있다. 비옥한 땅과는 차원이 다른 것이다. 작은 곡식 한 톨이라도 너무나 중요해서 하나의 씨앗이라도 있으면 온전하게 보존해 후대에 넘겨준다. 티베트 의사들이 전통적인 원처방에 변화를 주지 않고 그대로 준수하는 것도 같은 원리다. 환경적인 요인을 극복하고 살아남기 위해 선대로부터 내려온 전통을 그대로 간직했다가 후손에게 물려주는 것이다.

티베트인들의 그런 특성 덕분에 인도에서 탄생한 불교의 정수와 원형이 훼손되거나 변형되지 않고 티베트 불교를 통해 고스란히 전해져 내려왔다. 인도에서 시작해 중국으로 넘어간 불교는 중국만의 방식인 선불교로 번성했고, 우리나라와 일본에서도 각각 그 땅의 방식에 맞춰 변모했다. 하지만 티베트에서는 어떠한 가감이나 변형 없이 불교의 원형 그대로 전해져 내려왔다. 그렇게 부처님의 가르침과 법의 등불을 꺼트리지 않고 온전하게 보존해 온 티베트 불교는 현재 전 세계로 퍼져 화려하게 꽃을 피우고 있다. 가장 세계화된 불교가 된 것이다.

티베트 불교는 자비의 불교라고도 한다. '자비라는 거름이 자양분이 돼야 비로소 궁극의 진리라는 꽃을 피울 수 있다'는 것이 티베트 불교의 근본적인 가르침일 정도로 자비를 강조한다. 수사학적 표현에서 그치지 않고 실제 삶 속에서 살아 있는 자비의 전통은 티베트 인의 일상에서 쉽게 만나고 느낄 수 있다.

두 번째로 티베트를 여행했을 때 나는 한 달 넘게 티베트에 머물다가 네팔로 넘어갔는데, 그곳에서 티베트 불교에 입문한 우리나라 스님을 만났다. 카트만두에서 한국 식당을 운영하는 분이 티베트 불교에 관심이 많은 나에게 중암 스님을 소개해 준 것이다.

나는 직접 중암 스님의 거처를 찾아가 만났다. 스님은 처음 본 나를 반갑게 맞아 주셨다. 중암 스님은 조계종에서 출가해 선방에서 오랫동안 수행을 했는데, 우연히 티베트 불교를 접하게 되면서 자신의 본래 인연이 티베트라는 것을 깨닫고 티베트 불교에 입문했다고 한다.

나는 중암 스님 거처에서 며칠 머무는 동안 티베트 불교에 대해 많은 것을 알게 됐다. 특히 감동을 받은 것은 티베트 불교만의 독특한 사제 관계였는데, 제자가 잠을 잘 때 스승의 무릎을 베고 있다고 여기며 잠이 들 만큼 특별하다고 한다. 잠을 자는 그 순간에도 스승의 품을 잊지 않을 정도로 사제 관계가 남다른 것이다. 한번 인연이 맺어지면 스승은 제자의 영생까지 책임을 질 만큼 사제 간 관계가 깊다. 티베트에서는 이런 말이 전해 내려온다고 한다.

"스승을 정할 때는 수사관처럼 냉정하고 꼼꼼하게 검증을 해라, 너의 영생을 맡겨도 될 분인지. 그리고 확신이 들어 스승으로 삼게 되면 너의 모든 것을 다 맡겨라."

중암 스님은 티장 린포체를 스승으로 모시고 있었다. 거처에는 티장 린포체 사진이 걸려 있었는데 평화롭고 자애로운 모습에 나도 모르게 빨려 드는 듯한 묘한 이끌림이 일어났다. 그런데 중암 스님은 스승과는 단 한 번도 직접 만난 적이 없다고 했다. '현실 세계'가 아닌 '법계'에서 가르침을 받고 있다는 것이다. 그도 그럴 것이 티장 린포체는 1980년에 이미 세상을 떠난 분이었다. 믿을 수도 그렇다고 믿지 않을 수도 없었다. 현상적인 세계의 논리로는 수긍할 수 없었지만, 영성적인 차원에서는 이해하고 받아들일 수 있었다.

중암 스님은 티장 린포체 얘기를 할 때마다 눈물을 글썽였다. 50대 중반의 출가자가 자신의 스승을 언급할 때마다 목이 잠기고 말문까지 막히며 눈물을 보이는 것이다. 그것도 한두 번이 아니라 매번 스승의 얘기를 할 때마다 그랬다. 어떻게 그분과 사제 관계를 맺었는지, 어떤 방식으로 가르침을 받고 있는지, 궁금한 것이 많았던 내가 질문을 던지면 중암 스님은 마치 가슴 절절하게 그리운 대상이 떠오르듯이 눈물을 글썽여 가며 설명을 했다. 스승의 은혜로움과 자애로움이 이토록 깊을 수 있는지, 한 존재와 한 존재의 내면적인 만남이 얼마나 의미가 있으면 그럴 수 있을까 싶어 내 가슴에까지 그 절절함이 전해졌다.

티장 린포체는 티베트의 정신적 지도자인 달라의 라마의 스승이기도 하다. 달라이 라마는 두 분의 스승이 있었는데 한 분은 링 린포체였고, 다른 한 분이 티장 린포체였다. 그중에서 링 린포체는 아버지처럼 엄격한 스승이었고, 티장 린포체는 어머니처럼 자상하고 다정한 스승이었다고 한다.

티장 린포체가 인도 남부 지역에 머물던 시절 얘기다. 달라이 라마의 스승으로 추앙을 받고 있는 티장 린포체를 만나 가르침을 받기 위해 많은 수행자가 그의 집을 찾았다고 한다. 당시 티장 린포체는 이층집에서 살았는데, 그가 머무는 방은 어른 한 명이 겨우 누울 수 있을 정도로 작았다고 한다. 그 집에서 가장 넓고 큰 방은 티장 린포체를 가르친 스승이 생전에 사용했는데, 그분이 돌아가신 후에도 손을 전혀 대지 않고 그 모습 그대로 두었다고 한다. 그러면서 티장 린포체는 자신이 스승을 보좌했던 시절 머물던 작고 누추한 방을 그대로 쓰고 있었던 것이다. 자신에게 법과 가르침을 준 스승이 이미 세상을 떠났지만, 여전히 섬기듯이 모시고 사는 것이다.

이 얘기는 석지현 스님에게 전해 들었다. 석지현 스님은 정식으로 등단한 승려 시인으로, 1970년대 인도와 티베트, 네팔 등지를 두루 순례하는 여행을 했고, 지금도 불교와 관련된 다양한 저술 활동을 펼치고 있다. 석지현 스님이 사포리에 한 번 오신 적이 있었는데 진료실에 있는 티장 린포체 사진을 보고, 그와 직접 만난 얘기를 들려줬다.

석지현 스님은 당시 남인도에서 티장 린포체를 만났는데 그 느낌이 마치 '고요한 풀잎'과 같았다고 시적인 언어로 표현했다. 이성이나 논리의 수준을 넘어서는 그 '어떤 것'에 대해서 일상적 언어로는 제대로 표현하기가 쉽지 않은 것이다.

"티장 린포체 앞에 앉았는데, 그분이 궁금한 것이 있으면 물어보라고 하셨어요. 그런데 그분의 존재를 접하고 보니 너무나 고요해서 아무런 말도 나오지 않았고, 작은 생각조차 떠오르지 않았어요. 그분은… 마치 살랑살랑 불어오는 미풍에 흔들리는 풀잎 같았습니다."

눈을 감은 채 그때를 회상하며 석지현 스님이 들려준 얘기다. 티장 린포체를 만난 지 수십 년이 지났지만, 스님은 아직도 내면 깊숙한 곳까지 부드럽게 스며들었던 그 느낌을 가슴 깊이 간직하고 있었다.

나는 가끔 진료실에 있는 티장 린포체 사진을 물끄러미 바라본다. 그분을 통해 진리와 무아의 세계를 조금은 가늠할 수 있게 됐다. 그리고 사랑과 자비가 우리의 삶을 얼마나 의미롭고 아름답게 하는지 알게 됐다. 무엇보다도 몸과 마음이 아픈 환자를 보듬어 스스로 본래의 건강함을 회복하게 하고, 내면에 있는 영성의 빛을 켤 수 있도록 돕는 것이 내가 실천할 수 있는 사랑과 자비라는 것을 절감하게 됐다.

인도에서 깨달은 '빈손'의 아름다움

　매년 봄이 되면 나이가 지긋하신 거지 할아버지가 그녀가 사는 작은 마을을 찾아왔다. 마치 봄의 전령사인 양 봄빛 아지랑이가 대지에 피어오를 때쯤이면 거지 할아버지는 어김없이 나타나 며칠을 머물렀다. 동네 주민들은 반가운 손님을 대하듯이 거지 할아버지에게 음식을 대접하고 편안하게 잘 곳도 마련해 줬다.

　어린 여자아이는 거지 할아버지를 유난히 잘 따랐다. 거지 할아버지는 아이가 가 보지 못한 저 넓은 세상 이야기를 들려줬다. 아이는 호기심에 눈을 반짝여 가며 거지 할아버지가 들려주는 이야기에 푹 빠져들었다. 그러면서 속으로 다짐했다. '내가 나중에 커서 어른이 되면 거지 할아버지처럼 저 넓은 세상을 여행할

거야.'

거지 할아버지가 며칠 머물다 마을을 떠날 때면 여자아이는 매번 같이 따라가겠다며 울고불고 떼를 썼고, 부모님은 아이를 달래느라 적잖이 애를 먹었다. 그러다가 어느 해 봄부터 거지 할아버지가 더는 마을을 찾지 않았다. 거지 할아버지에 대한 그리움에 남몰래 눈물을 훔치던 아이는 성장해서 어른이 됐고, 가슴속에 품었던 저 먼 세상에 대한 호기심으로 많은 곳을 여행했다. 그녀는 끊임없이 미답지를 찾아 나섰고, 미지의 세계에 대한 갈망으로 배우고 탐구했지만, 가슴속 갈증은 좀처럼 해소되지 않았다. 결국 근원적인 진리를 찾겠다며 머리를 깎고 절로 들어가 승려가 됐다.

오래전 사포리를 찾았던 한 비구니 스님에게서 들은 이야기다. 그 이야기를 통해 나도 거지에 대한 아름다운 환상을 갖게 됐다. 가난하지만 소박하게 바람처럼 떠도는 거지로 살면서 세상을 만나면 얼마나 좋을까. 언젠가 존경하는 선배가 먼 곳을 바라보며 "한 3년간 거지로 자유롭게 살았으면 좋겠다"고 혼잣말을 하는데 그 의미와 심정이 오롯이 와 닿아 나도 모르게 울컥한 적도 있었다.

인도 여행을 하다 보면 정말로 수많은 거지를 보게 된다. 숙소

혼자 아파하는 사람들

를 나서 이동을 할라치면 금세 거지들이 몰려와 둘러싸고 돈을 달라고 구걸을 한다. 인도나 차도 옆에서 자리를 잡고 앉아 있는 거지들도 많다. 그중에는 다리 한쪽이 절단됐는데 제때 치료를 못 받아 고름이 줄줄 흐르고 파리까지 달라붙어 있는 거지도 있다. 앳돼 보이는 여자아이가 갓 태어난 아이를 디밀면서 우윳값을 달라고 손을 내미는 경우도 있다. 절대 빈곤층 비율이 많은 인도에서는 장애를 가진 거지로 살면 적어도 굶어 죽지는 않는다며 어린 자식의 팔과 다리를 일부러 부러뜨리는 부모가 있다는 이야기도 들었다.

여행 중에 늘 거지를 접하면서 자연스럽게 거지에 대해 많은 생각을 하게 됐다. 그러면서 '만약에 내가 한국이 아니라 인도에서 거지로 태어났다면 어땠을까?' 하는 생각으로 이어졌다. '만약에 다음 생이 있어 내가 인도의 거지로 태어난다면 나는 어떤 거지 인생을 살까?' '만약에 내가 지금 눈앞에서 보이는 저 거지라면 어떻게 살아갈까?'

그렇게 꼬리에 꼬리를 물며 인도에서 거지로 살아가는 것에 대해 생각을 하면서 '인도 거지'는 마치 화두처럼 내 안 깊숙이 자리를 잡아 갔다. 이른바 '거지 명상'에 몰입하게 된 것이다. 그러다가 어느 순간 오래전 읽었던 알렉산드르 솔제니친의 「이반 데니소비치의 하루」란 소설 속 한 장면이 떠올랐다. 수용소에 갇힌 주인공이 평소보다 빵 한 개, 죽 한 그릇을 더 얻어먹었다고 무척이나 흡족한 마음으로 행복하게 잠자리에 드는 광경이었다. 소설 속 주인공과 길거리에서 돈이나 음식을 구걸하는 거지의 삶이 비슷한 것 같았다.

내가 거지로 살아가면서 평상시보다 돈 한 푼이나 빵 한 조각을 더 받았다고 행복해하는 모습을 그려 봤다. 비록 상상 속이기는 하지만 누군가 던져 주는 빵 한 조각이 내 행복을 결정한다는 것에 대해서 도저히 수긍할 수 없었다. 나를 행복하게 하는 권한을 다른 존재에게 부여한 것과 마찬가지이기 때문이다. 나를 행복하게 하거나 불행하게 하는 권한을 남에게 맡길 순 없었다. 온전하게 내가 갖고 있어야 할 것을 남에게 맡기고도 자신의 인생을 산다고 할 수 있을까?

나의 선택에 따라 행복해질 수도 있고, 불행해질 수도 있지만 그건 전적으로 내가 판단하고 결정해야 한다. 그런 권한을 남에게 맡기는 비주체적인 삶을 살 수는 없는 것이다. 그러면서 내가 스스로 선택하고 판단하는 주체적인 삶을 살아야겠다는 강렬한 자각으로 이어졌다.

그건 내가 인도에서 거지로 살더라도 마찬가지이리라. 길거리에 앉아 구걸하면서 누군가 1루피(인도의 화폐 단위)를 주고 가면 환한 웃음을 지으며 행복하고, 선한 인상에 돈이 많아 보이는 외국인이 모른 척하고 지나가면 고개를 떨구고 불행하다고 여기며 살아서는 안 되는 것이다.

'설사 악착같이 구걸을 하지 않아 굶어 죽는 한이 있더라도 비주체석으로 살지는 말자. 내 인생의 선택권은 내가 갖자. 다른 누군가에게 내 행복과 불행의 권한을 맡기지 말자.'

나는 여기서 한발 더 나아갔다. 이왕 인도 거지로 산다면 누군가 돈이나 음식을 주기만을 기다리지 말고 다른 사람들의 행복을 먼저 빌어 주는 것도 의미가 있을 것 같았다. 길거리에 앉아 구걸하면서 오가는 사람들을 보며 '모두가 행복하기를…. 본래 자신 안에 있는 '생명의 빛'을, '영성의 빛'을 환하게 밝히며 살아가기를…' 그렇게 염원하는 기도를 마음속으로 하는 것이다.

그런 마음으로, 그렇게 기도하는 자세로 평생을 거지로 산다고 해도 여한은 없을 것 같았다. 다른 사람의 행복을 빌어 주는 거지로 살다가 눈을 감는 마지막 순간도 떠올려 봤다. 환하게 미소 띤 얼굴로, 숨이 멎는 그 순간까지 모든 사람이 다 행복하기를 기도하며 아름답게 죽음을 맞이하는 장면이 그려졌다. 두 손이 저절로 하나로 모이면서 가슴속이 뜨거워졌다.

이후 인도에서의 여행길은 한없는 평화로움 그 자체였다. 내가 인도 거지가 된 것처럼 여기며 다른 모든 사람의 행복을 빌어 주는 사랑의 기도를 하며 남은 여정을 이어 갔다. 내가 아닌

다른 사람의 행복을 비는 기도가 그렇게 나를 행복하게 할 줄은 몰랐다. 발걸음을 옮길 때마다 기도는 이어졌고, 가슴속에서는 주체할 수 없는 환희로움과 더없는 행복감이 넘쳐 나왔다.

인도 여행을 마치고 돌아온 나는 얼마 안 있어 대전에서 운영하던 한의원을 지금의 사포리로 옮겼다. 인도 여행에서의 거지 명상이 내 인생에서 커다란 변곡점이 된 것이다.

그 후 사포리에서 환자를 보기 시작한 지 얼마 지나지 않았을 때였다. 진료실에서 홀로 앉아 차를 마시는데 내면 깊은 곳에서 뚜렷하고 분명한 메시지가 올라왔다.

'내 인생에서 거지로 살아갈 자리가 바로 이곳 사포리구나!'

명징한 필치로 한 자 한 자 또박또박 써 내려 간 것 같은 메시지였다. 가슴속에 등불이 켜진 것처럼 환하게 밝아졌다. 인생의 여정에 의미심장한 굵은 한 획이 그어졌다. 그러면서 인도에서 거리를 오가는 사람들이 행복하기를 빌었던 거지의 마음으로 사포리를 찾는 모든 환자가 행복하기를 기도해야겠다는 내적인 다짐이 저절로 일어났다.

우리가 이 넓디넓은 우주에서 처음 지구별에 왔을 때는 아무것도 가진 것이 없는 거지처럼 왔다. 마찬가지로 지구별에서의 여행을 마치고 또 다른 별을 찾아 떠날 때도 빈손으로 간다.

내가 꿈꾸는 삶의 방식은 허허롭고 자유로운 거지의 삶이다.

혼자 아파하는 사람들

손에 아무것도 쥐고 있지 않을 때 느껴지는 빈손의 자유로움을 아는가.
양손에 짐을 잔뜩 들고서는 오래 걸을 수 없다.
그래서는 여행이 주는 자유로움과 행복감을 맛볼 수 없다.
허허롭게 그냥 걸어야 한다. 마치 들판을 떠도는 바람처럼 말이다.

손에 아무것도 쥐고 있지 않을 때 느껴지는 빈손의 자유로움을 아는가. 여행할 때는 손이 가볍고 자유로워야 한다. 먼길을 떠났는데 양손에 짐을 잔뜩 들고서는 오래 걸을 수 없다. 그래서는 여행이 주는 자유로움과 행복감을 맛볼 수 없다. 허허롭게 그냥 걸어야 자유로움을 제대로 만날 수 있다. 마치 들판을 떠도는 바람처럼 말이다. 그런 가벼움이 우리의 삶을 자유롭게 한다.

거지처럼 가진 것 하나 없이 이 세상을 온전하게 살 수 있다면 얼마나 좋을까. 가진 것에 얽매이지 않고 자유로울 수 있다면 더는 바랄 것이 없다. '거지(巨知)'의 큰 지혜만 갖고 허허롭게 걸을 수만 있다면 우리는 복이 많은 거지의 행운을 매 순간 누릴 수 있다. 가진 자의 두려움과 불안에서 벗어나고, 가진 자의 탐욕과 교만함에서도 벗어나면 광활한 우주를 다 가진 것 같은 풍요로움을 한껏 누릴 수 있다. 아무것도 가진 것이 없는 겸손한 자의 소박함으로 이 아름다운 세상을 음미하면 얼마나 좋을까. 매 순간순간이 감사할 일이요, 모든 사람이 고마운 인연이다.

우리는 처음 이 지구별에 왔을 때처럼 거지로 살아야 한다. 이 세상에 속한 물건, 이 세상에서 배운 앎과 지식은 모두 다 내려놓고 그저 그 모습 그대로 살아야 한다. 우리 마음에 작은 티끌조차 담지 않은 거지의 무소유로, 그 텅 빈 마음에 허공을 가득 담아 우주의 허허로움과 자유를 만끽해 보자.

여행 학교에서 배운다

우리는 여행을 통해서 세상을 만난다. 수많은 여행을 통해서 인생을, 삶의 의미를 알게 되는 것이다. 여행은 나에게 자유로움을 일깨워 줬다. 갇힌 공간이 아닌 활짝 열린 세계의 자유로움을 알게 해 줬고, 펄펄 살아 움직이는 생동감을 만나게 해 줬으며, 사회적인 규칙과 질서의 무의미함을 간파하게 해 줬다. '나'라는 존재도 여행을 하면서 제대로 인식할 수 있었다. 내 인생을 특징지을 수 있는 본질적인 것은 모두 여행을 통해서 알게 됐다.

진리의 여정을 걷는 이에게 여행만큼 좋은 것은 없다. 여행은 '만남'이라는 경험을 통해서 자기 자신의 내면을 열게 한다. 우리는 진정한 자기 자신을 알지 못한다. 지금 여기에서 숨을 쉬며 존재하고 있는 '나'가 누구인지 분명하게 말할 수 있는 사람은 드물다. 내가 누구인지, 본래 자신을 알고 만나는 일이 어떻게 된 것인지 가장 힘들고 어려운 일이 돼 버렸다. 그래서 '나'를 알기 위해, '나' 자신과 제대로 만나기 위해서 우리는 여행을 해야 한다.

여행은 어떤 점에서 연애와 비슷하다. 생존하기 위해서 우리는 자신의 존재감을 부각하거나 강화하고 어떻게든지 잊히지 않도록 안간힘을 쓰지만, 누군가와 진정한 사랑을 하기 위해서는 '에고'라는 것이 녹아 없어져야 한다. 내 '마음'이, '에고'가 사라져야 비로소 연인과 하나가 되고 사랑의 향기가 피어난다.

여행도 마찬가지여서, 진짜 여행은 길 위에서 자신이 아무것도 아닌 존재라는 것을 알아 가는 과정이다. 백화점에서 쇼핑하듯이 이곳저곳을 둘러보며 자신의 에고만을 충족시키는 그런 여행이 아니라 순례자의 마음으로 길을 떠나, 길 위에서 불어오는 바람과 하나가 될 때 비소로 진정한 여행이라고 할 수 있다. 소금 인형이 바다를 만나 녹아 없어지는 것처럼 말이다.

여행은 목적지에만 의미를 두어서는 안 된다. 여행은 '점'과 '점'을 잇는 과정인 '선'이 있고, '점'과 '선'을 아우르는 공간과 시간의 입체적인 구조에 여행자가 들어가 공감하고 공명하는 총체적인 체험이라고 할 수 있다. 그 속에서 나라는 개체성은 소

혼자 아파하는 사람들

멸된다. 여행을 많이 하는 순례자는 자기라는 개체성이 퇴색돼 개체와 전체와의 경계선이 희미해진다. 그러면서 자유로운 존재로 기듭나게 된다.

여행은 길 위에서의 기다림의 미학이다. 여행의 맛을 제대로 느끼기 위해서는 목적지까지 단시간에 가는 것보다 배나 기차, 버스를 타고 천천히 이동해야 한다. 되도록이면 느린 속도로 여행하는 것이 좋다. 낯선 땅 위에서 천천히 움직이다 보면 그 막막한 기다림 속에서 느껴지는 은근하면서 묘한 맛이 있다.

여행은 길 위에서 이뤄지는 치유다. 길을 떠난 자는 홀가분하다. 사회적 존재로서 짊어지고 가야 할 무거운 짐도 부담감도 압박감도 없다. 그런 해방감에서 평상시 굳어 있고 닫혀 있던 무거운 빗장이 저절로 열린다. 한껏 이완되고 무한정 자유로워지는 것이다. 그 과정에서 몸이 아픈 환자든, 마음의 고통이 큰 환자든 생각지도 못했던 치유의 계기를 맞게 된다. 길 위에서 신이 나고 행복하면 온몸의 세포가 감응하기 때문이다. 세포 속 입자가 환하게 밝아지면서 강력한 치유의 에너지가 생성된다.

여행은 끝없는 선택의 연속이다. 홀로 여행을 떠나 보면 순간순간이 선택의 연속이어서 온전하게 내가 판단하고 결정해야만 한다. 여행지에서는 항상 선택해야 한다. 숙소를 정하는 것에서부터 교통편과 식사 등 모든 것을 혼자서 결정해야 한다. 여행지에서 선택을 할 때는 안정되면서 편안한 것과 낯선 불편함을 놓고 기로에 놓이게 된다. 보장된 안전함과 편안함을 선택할 것인가, 아니면 낯섦과 불편함을 선택할 것인가. 선택은 여행자의 숙명과도 같다. 그런 순간이 오면 안전함보다는 낯섦을 선택하는 것이 좋다. 안전과 편안함을 선택하면 자신의 에고와 개체성에서 벗어나기가 쉽지 않다. 그런데 낯설고 불편하더라도 미답지에 몸을 한번 던져 보면 기존의 나는 없어지고 새로운 나를 만날 수 있다.

여행은 지구별 학교에서 배울 수 있는 최고의 수업이다. 우리 영혼은 지구별을 선택해 몸을 받아 태어났다. 지구별 학교에 입학한 것이다. 우리 영혼은 한 차원 더 높은 단계로 진화하기 위해 지구별 학교에서 배우고 익혀야 할 교육과정이 있다. 물론 그 교육과정을 밟아 나갈지 말지는 각 영혼의 개별적인 선택이다. 지구별 학교에서는 여행이라는 수업을 통해 너무나 많은 것을 배울 수 있다. 대륙별로 국가별로 지역별로 다양한 커리큘럼이 짜여 있다. 그래서 여행을 통해 직접 눈으로 보고 발로 땅을 디디고 몸으로 부닥치며 하나씩 하나씩 체득해야 한다. 책이나 영상처럼 간접적인 경험은 여행 수업에 전혀 도움이 되지 않는다.

지구별 학교에서 여행을 통해 배울 수 있는 수업 테마는 무궁무진하다. 나는 20대 후반 유럽을 시작으로 50대 중반인 현재

ⓒ황호신

티베트에 단 한 번이라도 가 본 적이 있는 사람은
'지구상에는 단 두 개의 나라만 있다'고 말한다.
'티베트'와 '티베트가 아닌 나라' 말이다.
풀 한 포기도 자라기 힘들어 보이는 험난한 고원지대를
마주하다 보면 내 안에 있는 모든 것이
한순간에 텅 비워져 버린다. 다음 생에서는 꼭 티베트에서
태어나 나보다 다른 사람들이 더 행복하기를 기도하며
순례하는 삶을 살고 싶다.

까지 인도와 네팔, 티베트, 북미와 남미 대륙, 아프리카 대륙, 몽골, 중국, 러시아 등으로 짧게는 15일 길게는 6개월까지 영적인 순례를 해 왔다. 여행을 통해 만난 지구별 땅은 저마다 그 분위기와 느낌이 달랐다. 땅마다 배울 수 있는 수업 테마가 각각 있었다.

영적인 땅인 인도는 시간의 퇴적층이 쌓이고 또 쌓여 지구별에서 가장 오래된 인류의 역사를 볼 수 있는 살아 있는 박물관이었고, 미국은 신생 대륙답게 새로운 생명이 피어나는 기운과 약진하는 에너지가 충만했다. 히말라야 산맥이 인간의 영역을 벗어나 쉽게 범접할 수 없는 초월적인 분위기를 준다면, 남미 안데스 산맥은 장엄하면서도 위압감을 주지 않는 친근함과 따뜻한 정서를 느끼게 해 주었다. 티베트에서는 영적인 전통으로 계승되는 자비의 중요성을 알게 됐고, 아프리카에서는 인류의 원형과 원초적인 생명력을 확인할 수 있었다. 몽골에서는 초원에서 불어오는 자유로움의 바람에 온몸을 맡겼고, 러시아의 바이칼 호수에서는 거추장스러운 세상의 옷을 벗어 버리고 내면 깊은 곳으로 침잠해 들어갈 수 있었다.

유럽에서는 인류 역사상 가장 성숙한 사회를 구축했고, 가장 인간다운 삶이 보장됐음에도 채워지지 않는 공간이 있다는 것을 알게 됐다. 물질적으로, 정신적으로, 예술적으로 아무리 풍요

롭다고 해도 절대로 메워지지 않는 허전함이 있는 것이다. 그리고 그 빈자리를 채우기 위해 동양적인 정신과 사상이 주목을 받고 있었다.

지구별 학교에서 여행을 통해 체득한 진리는 영혼의 성장과 성숙, 진화를 위한 든든한 밑거름이 된다. 우리가 지구별 학교에서의 모든 교육과정을 마치고 새로운 배움터로 떠날 때도 고스란히 가져가게 된다. 우리 영혼이 생명의 빛으로 존재하는 한 언제까지나 간직하는 무형의 자산이다.

마음을 고치는 그 의사

나태주 (시인, 공주문화원장)

별스럴 것도 없는 들판과 오솔길을 가다가 아예 길이 지워질 듯한 흐릿한 시골길을 따라가다가 정말로 길이 지워지는 곳에서 집 한 채를 만났다. 바로 논산시 연산면 사포리에 있는 '햇님쉼터한의원'이었다. 그곳의 주인장이 괴짜 한의사란다.

안에 들어가 집주인을 만났다. 통나무집이었던가. 내부가 황토방인 것만은 확실하다. 남쪽 방향으로 커다란, 아주 커다란 유리창이 하나 열려 있었다. 거기로 바깥 풍경이 내다보였다. 풍경 역시 대단하거나 감격스런 풍경이 아니고 그저 그런 풍경이었다. 그러나 그 풍경은 매우 나지막했고 편안했다. 차라리 우리 마음을 질펀하게 주저앉게 해 주는 풍경이었다.

아, 이래서 햇님쉼터한의원인가 보구나. 나를 맞아 준 이기웅 원장은 더더욱 특별할 것이 없는 평범한 한국인이었다. 헐렁한 생활한복 차림을 하고 있는 그는 웃는 모습이 친근했다. 말도 많지 않아서 오히려 객인 내가 더 많은 말을 했다. 어쩌면 그이는 그렇게 찾아오는 손님들 말을 들어주기 위해 거기 그렇게 집을 지어 놓고 오랫동안 기다린 사람 같았다. 허방지방 이런저런 이야기를 나누었다. 인생 이야기, 시 이야기, 여행 이야기, 명상 이야기, 끝에 가서는 삶과 죽음의 이야기에 도달해 한동안 서성였을 것이다.

그 뒤로 몇 차례나 더 그 집에 갔었고 한의사를 만났던가. 그러면서 내내 생각은 그렇다. 이분이 정말 한의사인가. 한의사이기보다는 이야기꾼이었고 남의 이야기 듣기를 전문으로 하는 사람 같았다. 한 번도 약이나 병에 대한 말을 입에 올리지 않았다. 그래서 의문이 들기도 했다. 이래서 이 사람이 밥이나 먹고 살겠는가!

약을 좀 달라 그랬더니 플라스틱 병에 든 환약 두 병을 주었다. 그것도 싼 값에 팔았다. 그러다가 한번은 미국에서 온 영문학 교수랑 함께 그 집에 들러 이야기를 나누다가 침을 맞은 적이 있다. 한의사는 별채에 있는 온돌방으로 우리를 데리고 들어갔다. 창이 없는 그 방은 아담했고 으스름 낮은 조도의 불이 켜져 있어서 옆 사람도 다만 윤곽으로만 보였다.

일행은 세 사람이었는데 한의사는 누워 있는 우리들을 찾아다니며 침을 꾹꾹 놓았다. 침이란 것이 언제든 따끔따끔 사람을 아프게 할 뿐이지 무슨 효과가 있겠나 싶었다. 침을 맞고 난 다음 눈을 감았다. 황토방 특유의 그 흙 내음이 솔고시 코에 스며들었다. 한참을 그렇게 죽은 척 하는 벌레처럼 누워 있었을 것이다.

그때 나의 마음속에 보이는 것이 있었다. 하나의 풍경이었다. 어느 새 내 몸이 하늘 높이 붕 떠올라 있었다. 하늘에서 엎디어서 아래를 보고 있었던가. 아래로 산과 같은 것들이 보였다. 그것은 하나가 아니었고 계속되고 중첩되는 산이었다. 하나의 산맥같이 보였다. 그 산들은 아슬하니 멀리 내려다보였고 빠르게 내 앞으로 스쳐 뒤로 흘러가고 있었다.

어쩌면 내가 하늘 높이 떠서 앞으로 나아가고 있었는지도 모를 일이었다. 내가 하나의 비행 물체라는 생각이 들었다. 내 눈앞에 보이는 산들이 저 시베리아나 우랄 알타이 산맥, 또는 천산산맥의 그것이거니 싶었다. 청명한 산의 음영에 얼룩얼룩 눈발의 모습이며 침엽수림의 진한 초록도 섞여 보이는 듯 했다.

거기까지는 그런 대로 환상이라고 해 두자. 그런데 그때 마음속으로부터 '너는 어디 있느냐? 왜 내가 여기 있는 것을 모르느냐?' 그런 말이 떠오르면서 마음이 갑자기 다급해지는 거였다. 분명 내려다보이는 산과 산 어디엔가 내가 생각하는 '네'가 숨어 있어 나를 바라보고 있는 것 같은데 나만 그를 보지 못하는 것 같아서 마음이 한없이 구슬프고 애달팠다.

눈에서 눈물이 흘렀다. 그냥 지르르 흐르는 눈물이 아니라 펑펑 흐르는 눈물이었다. 생명의 부질없음, 사람 마음의 안타까움 같은 것들이 한데 뭉쳐서 눈물이 된 것 같았다. 아니다. 아무런 작정이나 알음알이 없이 그저 흘리는 눈물이었다. 어느새 나는 조그만 소리로 흐느껴 울고 있었다. 그러나 그것은 슬픈 마음의 울음이 아니었다. 기껍기도 하

혼자 아파하는 사람들

고 가슴이 후련한 울음이기도 했다.

무슨 일이든 자기가 아는 만큼만 알게 되어 있고 자기가 아는 만큼이 가장 좋은 것일 수 있다. 내가 알기로 이기웅 원장은 한의사이긴 하되 약이나 침으로만 병을 고치는 것이 아니고 말(대화)이나 행동(노래, 여행, 퍼포먼스)으로도 충분히 병을 고치는 의사라고 생각된다. 그러므로 이 책은 또 다른 그의 의료 행위이고 치료 행위라고 본다.

작은 의사는 몸의 병을 고치지만 큰 의사는 마음의 병을 고친다. 그저 돈벌이가 목적인 보통의 의사는 사람의 몸만을 돌보지만 특별한 의사는 세상을 돌보고 세상의 잘못된 곳을 고친다. 지구를 돌보고 우주를 돌보는 사람이다. 바로 이기웅 선생이 그런 분이다.

그의 보이지 않는 의료 행위에 의해서 비뚤어졌던 세상이 조금씩 바로 잡히고 숨 가빴던 세상이 조금씩 고른 숨을 쉬기 시작한다고 본다. 조금씩 밝아진다고 본다. 그런 의미에서 이기웅 선생은 한 사람 시인이다. 좋은 시인이란 늘상 세상을 아름답게 맑고 깨끗하게 만드는 사람이란 것을 내가 믿기에 그렇다.

시 한 편을 여기에 보태며 그의 두 번째 책이 세상에 나가 더 많은 사람들의 힘든 마음을 어루만져 주고 허물어진 마음들을 바로잡아 주기를 소망한다.

나는 보았네
해 저문 들판

들길에 혼자 나와
흩어진 풍경을
하나씩 고치는 사람

하늘의 노을을 고치고
지상의 나무나 풀들을 고치고
흔들리는 세상을 고치고
숨 가쁜 지구를 고치고

아, 무엇보다 하루 동안
수고한 새들을 하늘로부터
수풀 속 둥지로 돌려보내고
풀벌레들 한 마리까지
편안히 잠들게 하는 사람

앞으로도 더 오래
그러기를 바라네
변함없기 바라네
평범한 그의 웃음 속
맑고도 빛나는 샘물 하나
우리가 오래 보기를 바라네. (2016. 7. 22)

나태주, 「사포리 그 의사」 전문

혼자 아파하는 사람들